GELIEFO
YOUJI

格列佛游记

【一个五彩缤纷的神奇世界】

〔英〕乔纳森·斯威夫特◎著

《青少年经典阅读书系》编委会◎主编

首都师范大学出版社

CAPITAL NORMAL UNIVERSITY PRESS

图书在版编目(CIP)数据

格列佛游记／"青少年经典阅读书系"编委会主编.—北京：
首都师范大学出版社,2011.11(2023年10月重印)
(青少年经典阅读书系.科幻系列)
ISBN 978-7-5656-0539-0

Ⅰ.①格… Ⅱ.①青… Ⅲ.①长篇小说-英国-近代
Ⅳ.①I561.44

中国版本图书馆 CIP 数据核字(2011)第 222647 号

格列佛游记

"青少年经典阅读书系"编委会　主编

策划编辑　李佳健

首都师范大学出版社出版发行

地　　址　北京西三环北路 105 号
邮　　编　100048
电　　话　68418523(总编室)　68908110(发行部)
网　　址　www.cnupn.com.cn
印　　厂　汇昌印刷(天津)有限公司
经　　销　全国新华书店发行
版　　次　2012 年 7 月第 1 版
印　　次　2023 年 10 月第 5 次印刷
书　　号　978-7-5656-0539-0
开　　本　710mm×1000mm　1/16
印　　张　10.5
字　　数　109 千
定　　价　26.00 元

总　序

Total order

　　被称为经典的作品是人类精神宝库中最灿烂的部分，是经过岁月的磨砺及时间的检验而沉淀下来的宝贵文化遗产，凝结着人类的睿智与哲思。在滔滔的历史长河里，大浪淘沙，能够留存下来的必然是精华中的精华，是闪闪发光的黄金。在浩瀚的书海中如何才能找到我们所渴望的精华——那些闪闪发光的黄金呢？唯一的办法，我想那就是去阅读经典了！

　　说起文学经典的教育和影响，我们每个人都会立刻想起我们读过的许许多多优秀的作品——那些童话、诗歌、小说、散文等，会立刻想起我们阅读时的那种美好的精神享受的过程，那种完全沉浸其中、受着作品的感染，与作品中的人物，或者有时就是与作者一起欢笑、一起悲哭、一起激愤、一起评判。读过之后，还要长时间地想着，想着……这个过程其实就是我们接受文学经典的熏陶感染的过程，接受文学教育的过程。每一部优秀的传世经典作品的背后，都站着一位杰出的人，都有一个高尚的灵魂。经常地接受他们的教育，同他们对话，他们对社会与对人生的睿智的思考、对美的不懈的追求，怎么会不点点滴滴地渗透到我们的心灵，渗透到我们的思想和感情里呢！巴金先生说："读书是在别人思想的帮助下，建立自己的思想。""品读经典似饮清露，鉴赏圣书如含甘饴。"这些话说得多么恰当，这些感

总 序
Total order

受多么美好啊！让我们展开双臂、敞开心灵，去和那些高尚的灵魂、不朽的作品去对话，交流吧，一个吸收了优秀的多元文化滋养的人，才能做到营养均衡，才能成为精神上最丰富、最健康的人。这样的人，才能有眼光，才能不怕挫折，才能一往无前，因而才有可能走在队伍的前列。

"首师经典阅读书系"给了我们一把打开智慧之门的钥匙，会让我们结识世界上许许多多优秀的作家作品，会让这个世界的许多秘密在我们面前一览无余地展开，会让我们更好地去感悟时间的纵深和历史的厚重。

来吧！让我们一起品读"经典"！

国家教育部中小学继续教育教材评审专家
中国教育学会中学语文教学专业委员会秘书长　　苏立康

丛书编委会

丛书策划　李佳健
　　　　　王　安
主　　编　李佳健
副主编　张　蕾
编　　委（排名不分先后）
　　　　张　蕾　李佳健　安晓东　王　晶　高　欢
　　　　徐　可　李广顺　刘　朔　欧阳丽　李秀芹
　　　　朱秀梅　王亚翠　赵　蕾　黄秀燕　王　宁
　　　　邱大曼　李艳玲　孙光继　李海芸

斯威夫特是英国 18 世纪杰出的政论家和讽刺小说家。他生于爱尔兰都柏林的一个贫苦家庭，15 岁时就读于都柏林三一学院，获学士学位；1692 年获牛津大学硕士学位；1701 年获三一学院神学博士学位。他在大学里的主业是哲学和神学，但他个人更偏爱文学和历史。

1688 年，斯威夫特前往英国，做了穆尔庄园主人威廉·邓波尔爵士的私人秘书，直到 1699 年邓波尔去世。在他担任秘书期间，阅读了大量古典文学名著。

斯威夫特为人正直，不屑于追逐名利。他给报社审稿不索取报酬；当时的英国首相哈利奖励给他写文章的奖金，也被他愤而退回，声明自己不是被雇佣的文人墨客。女王及其政要终因畏惧他的声望和讽刺文学的影响，将他逐出伦敦。他到都柏林后积极投身于爱尔兰人民争取独立自由的斗争，接连发表了战斗性极强的文章，使英国残酷的殖民统治不得不有所收敛。斯威夫特深受爱尔兰人民热爱。

晚年的斯威夫特内心十分孤独，只限于和屈指可数的几个朋友交往。他将自己积蓄的三分之一用于各种慈善事业，用另外三分之一的收入为弱智者盖了一所圣帕特里克医院。然而，斯威夫特本人也被疾病折磨得不成样子，1745 年 10 月 19 日，斯威夫特辞世，终年 78 岁，葬于圣帕特里克大教堂。

斯威夫特的文学才能很早就显露出来，在创作了《一只澡盆的故事》《布商的信》《一个小小的建议》几本小说后，他已是小有名气的作家。1726年，他又发表了《在世界几个边远国家的旅行》，即《格列佛游记》，本书一下子使他扬名海内外。

　　《格列佛游记》主要讲述了主人公格列佛在各个国家的不同经历和见闻。在小人国里他亲眼目睹了那里荒谬的政治与党派纷争；在巨人国里又由于身高的问题而闹出了不少笑话；在勒皮他知道了飞岛飞行的真正秘密；在"慧骃"国见到了有着高贵理性以及种种美德的统治者。这些奇妙的想象、奇特的构思，为我们勾勒了一个五彩缤纷的神奇世界。《格列佛游记》对英国和世界儿童文学产生过极其重要的影响，尤其是其幻想手法、离奇描写，在英国儿童文学史上具有开拓意义。

　　想知道想象中的小人国与巨人国是怎样的吗？那就赶快随着格列佛一起去冒险吧！

目录

我忽然觉得有个什么活物在我的左腿上轻轻地蠕动着，仔细一看，竟然是一个身高不足 6 英寸的小人！

我 父亲在诺丁汉郡有一份小小的产业，他有五个儿子，我排行老三。14 岁那年，父亲把我送到剑桥的伊曼纽尔学院学习，在那里，我刻苦攻读了三年。后因家境困窘，我被迫离开了剑桥，给伦敦名医詹姆斯·贝茨先生当了四年学徒；接着在莱顿又学了两年多的医学。在亲人的资助和自身的努力下，我掌握了长期航行所需要的医学、航海学和数学等方面的知识。

> 学习航海学、数学，以及医学都是为了出游做准备。

后来，恩师贝茨先生推荐我到亚伯拉罕·潘耐尔船长的"燕子"号商船上当外科医生。三年后，我回到伦敦当了一名医生，并结了婚。但后来我因不肯昧着良心做事，生意逐渐萧条。于是决定再度出海。我先后在两艘船上当过外科医生，六年里我多次航行到东印度群岛和西印度群岛，我的财产日益增加。在航行途中我的身边总带着许多书籍，所以闲暇时我阅读了

> 有了几次航海经历。

> "行万里路"的同时还不忘"读万卷书"。

许多古今最优秀的作品。登岸时，就观察当地的风俗人情，也学学他们的语言，仗着自己记性好，我学起来较容易。

由于这几次航海中的最后一次不怎么顺利，于是我回到了妻子身边，想做点儿生意，但生意平平。我就又接受了"羚羊"号船主威廉·普利查德船长有着优厚待遇的聘请，跟随他去南太平洋一带航海。

起航的日子是 1699 年 5 月 4 日，航行一开始非常顺利。

在海上遭遇风暴。

在去往东印度群岛的途中，一阵强风暴把我们刮到了南纬 30 度 20 分的万迪门兰的西北方。船员中有 12 人因操劳过度和饮食条件恶劣而丧生，其余人的身体也极度虚弱。11 月 5 日，我们的船又触礁撞毁。我们只好用救生小艇逃生，可是没多久，一阵狂风把小艇也刮翻了，同伴不知去向，我也掉进了海里。我在水中拼命挣扎，在几近绝望的时候，发现自己置身于浅水区，这时风暴也已大大减弱。我努力向岸上走去，走了有 1 英里多的路程才上岸。我精疲力竭，倒在草地上呼呼睡去。我醒来时，太阳正好升起。

"我"醒来后，发现自己被缚在地上，叙述气氛顿时发生了变化，反映出"我"对所处环境的不安。

当我想站起来时，却动弹不得，因为我被牢牢地绑在地上了，连头发都被绑住了，周围还有一片混乱的嘈杂声，除了耀眼的阳光，我什么也看不到。

过了一会儿，我觉得有个什么活物在我的左腿上轻轻地蠕动着，越过我的胸脯，几乎到了我的下巴前。我尽量低头看，竟发现一个身高不足 6 英寸、手持弓箭、背着箭袋的人！同时，至少有 40 个跟这个人差不多的小人跟在他后面。我大为惊奇，吓得大吼一声，他们吓得掉头就跑。后来我才知道，他们中有几个从我腰部往下跳的时候，竟跌伤了。但是他们很快又回来了，其中一个竟敢走到能看得清我整个面孔的地方，用刺耳却清晰的声音高喊："海琴那·德古尔！"周围的人也跟着喊了几遍，但我却不知道喊的是什么意思。

　　我极力挣扎，终于挣断了绳索。接着我又用力一扯，将绑住我头发的绳子扯松了一点儿，这样我才能稍稍将头转动两英寸光景。正当我要伸手捉那些小人的时候，我忽然听到他们中有一个人高声尖叫着："托尔戈·奉纳克"，接着就有一百多支如针一样的箭射中了我的左臂，令我感到非常疼痛；他们又向空中射了一阵，有的甚至落在了我的脸上，我赶紧用左手去遮挡。一阵箭雨过后，我疼痛难忍，可小人们并没有要停下来的意思，他们更猛烈地向我齐射，有几个还试图用矛来刺我的腰，幸亏我穿了一件牛皮背心，他们刺不进去。我只好躺着不动，这些人见我安静下来，就不再放箭了，但从我听到的吵闹声来判断，他们的人数又增加了不少。

"蠕动"准确地描写出小人国的人之"小"。

使"我"感到诧异和恐慌。

过了一会儿，我听见了一阵敲敲打打的声音，转头看去，只见地上已竖起了一个 1 英尺半高的平台，旁边还靠着两三架梯子。此时一个看上去像是有身份的人，对我发表了一通演说，但我一个字也听不懂。他有十足的演说家派头，我看得出来他用了不少威胁的话语，有时也许下诺言，表示同情与友好。我答了几句，态度极为恭顺，我举起左手，双眼注视着太阳，请太阳给我作证。这时我已经饥肠辘辘，于是就不时地把手指放在嘴上，表示我要吃东西。那位大老爷终于明白了我的意思。他命令在我的两侧放几架梯子，大约一百个小人就将盛满了肉的篮子向我的嘴边送来。这肉是国王一接到关于我的情报之后，立即下令准备并送到这儿来的。这是些比百灵鸟的翅膀还要小许多的羊腿和腰肉，做得很香。我吃了很多这样的肉，还吃了很多像子弹一样大小的面包，又喝掉了"几大桶"酒。

酒足饭饱之后，国王派来的钦差大臣走上前来。他拿出盖有玉玺的圣旨，语气严肃地宣读了圣旨。后来我才知道，是国王命人在我睡着时将我捆在地上的，现在要把我运到京城里去。为了把我运走，他们设计了一个装有 22 个轮子的巨型木架，木架高 3 英尺，长 7 英尺，宽 4 英尺。由于他们在我的酒里掺了迷药，我并不清楚他们是如何把我装载并运送到京城的。后来听说，他们是动用了九百名大汉、一千五百匹御马才把我

小人国有着自己的语言，人物表情也十分的丰富。在这里所发生的事情其实就是现实社会中所发生事情的缩影。

强烈的对比，加深了读者对小人国的真切感受。

玺(xǐ)：帝王的印。

描写押解格列佛的器械和方式，体现出了这些小人的智慧。

拖走的。

上路后，一件很可笑的事忽然把我弄醒了。当时车出了点儿毛病，只好停下来修理，这时，一个卫队军官出于好奇，趴到我脸上，把他那短枪的枪尖直往我左鼻孔里伸，弄得我鼻孔发痒，猛打喷嚏醒了过来。

第二天，大约中午时分，离城门不足 200 码了。国王率满朝官员出来迎接我，并把我安排在一座古庙里。

古庙朝北的大门约有 4 英尺高、2 英尺宽，由此我可以方便地爬进爬出。在庙的对面是 5 英尺多高的一座塔楼，国王及其朝中主要官员就是在这上面瞻仰了我的风采。虽然有卫队保护，但数以万计的市民还是从梯子上爬到我身上来了。不久，这种行为就被明令禁止了。后来，工人们割断了捆我的绳子，我就爬进庙里去歇息，心里充满了沮丧。

> 小人们对格列佛有着极大的好奇。

▌情境赏析▌

这一章是《格列佛游记》第一卷的开端部分，讲述了格列佛乘坐"羚羊"号船出游，遇到风暴，船只失事，格列佛流落到了一个陌生的国度，发现了一群小人的传奇经历。这一部分的描写生动真实、引人入胜，虚幻与讽刺相结合，为全书的艺术基调奠定了基础。

其中有些描写形象、生动，引人入胜。在读者眼前呈现出一个型号缩小却真实可感的人类世界。

最后运用影射，打下伏笔。《格列佛游记》中的小人国——利立浦特国影射的就是英国。在这一章就有了初步体现。

▌名家点评▐

　　《格列佛游记》在形式上是和当时盛行的冒险小说有血统关系的……《格列佛游记》和《鲁滨孙漂流记》一样是英国散文文学的古典杰作。

——茅盾

第二章

我一口气就吃掉 20 辆车的肉，喝掉 10 辆车的酒，周围的人非常吃惊。

我终于站了起来，四下里看了看，发现这里的田野像许多连绵的花畦，田地间夹杂着树林，最高的树也不过 7 英尺。而左边的城池，看上去就像戏院里所画的城池布景。

几个小时以来，我的身体非常难受——我已经两天没有大便了。我爬进屋去把门关上，拖着长长的链子走到里面，把身体里那叫我难受的负担排掉。这之后，我通常早上一起来就拖着链子到户外去干这件事。每天早上行人出来之前，由两个特派的仆人用手推车将这堆讨人厌的东西运走。

大便之后，我重新走出屋子呼吸一下新鲜的空气。这时国王已经从塔尖上下来。他命人用一种特制的轮车把酒菜送给我。我拿起这些车子，一会儿就吃了个精光，一共吃掉 20 辆车的肉，喝掉 10 辆车的酒。王后和其他王公贵族也都在旁观看。我仔细端详起国王的模样，只见他仪容端庄严肃，比大臣们高出大约一个手指甲盖的个头儿。贵妇和朝臣们衣着华丽地站在一旁，宛如一条绣满金银小人的长裙。我想和国王交谈，却因语言不通而无法互相理解。有看热闹的人上来捣乱，我把他们放在嘴里，假装要吃掉他们，可把那些可怜虫吓坏了。不过我最后还是把他们放了，因此无人不夸我慈悲为怀。

傍晚时分，我爬回屋子，大睡了两个星期，这期间国王又命人给我送来由六百张小床拼成的一张大床。后来我才知道，为了观看我，城里乡下都是万人空巷，为此，国王不得不动用所有的朝臣来平息这空前的骚乱。

但对于如何处置我，朝廷感到困难重重：如果养活我，可能会引起饥荒；杀死我，又可能因为这么庞大的一具尸体发出的恶臭，引起瘟疫。后来，国王决定留下我，并下旨说让京城周围900码以内所有的村庄，每天早上必须送上6头牛、40只羊以及其他食品作为我的食物，此外还须提供相应数量的面包和葡萄酒，费用由国库支付。国王又下令组成一个600人的队伍做我的听差，300个裁缝给我制衣，6位御用学者教我学习当地语言。这期间，国王常来看我，有时也教我几句话。谈到我的释放问题，国王回答说还要再考察，并且他要求我宣誓与他的王国交好。他又说，根据王国的法律，我必须经过两位官员的搜查，于是我把那两位官员放到手上，让他们搜查。

他们的搜查清单记录我就不列出来了。在他们眼里，我这座"巨人山"身上的样样东西都奇异非常。

搜查完后，国王婉转地要求我把其中的几件物品交出来。他先要我交出腰刀，我就连刀带鞘一起摘了下来。谁知这又让他紧张起来，他命令三千精兵远远地将我包围起来，持弓搭箭准备随时向我放射。

接着他要我拔出腰刀。我拔出刀来，所有士兵又惊又怕，立即大声叫喊。但国王毕竟气概非凡，并没有表现出极度的害怕，他只是要求我把刀收起来，轻轻放在地上。他要我交出的第二件东西是我的袖珍手枪。另外国王对我的表也格外好奇，于是我又交出了表，对于表发出的声音和表针的运转，无人不感到格外惊奇。就这样，我交出了所有他们看中的东西，但侥幸留住了我的眼镜、望远镜和几件有用的小东西。

第三章

我给国王和贵族们表演了一种极不寻常的游戏。

"我"赢得了众人的好感。

我的善良和绅士风度使我广受欢迎，所以我更加渴望获得自由。我采取一切可能的办法来讨好他们。有时候我躺在地上，让他们五六个人在我的手上跳舞；发展到最后，男孩女孩们都敢跑到我的头发里面来玩捉迷藏了。另外，我的语言现在也有了很大的进步。

利立浦特人竟是以这样可笑的行为来谋取官职的！作者以详细的笔墨来描述这种技艺，表现了极大的讽刺。

有一天，国王邀请我观看他的国家的几种表演。令我最开心的是绳舞者的表演。他们是在一根长约 2 英尺、离地面 12 英寸高的白色的细绳子上做表演的。只要有官员病死或者失宠撤职，就有五六个候补人员呈请国王准许他们表演一次绳上舞蹈，跳得最高并且没有跌下来的人，就有希望接任这个官职。据说，财政大臣佛林奈浦跳得比其他任何大臣都要高 1 英寸。在我来到这里以前，他有一次险些因跳这种舞蹈而跌死，幸亏国王的坐垫接住了他，这才侥幸逃生。

　　还有一种是每逢特别重大的节日专为国王、王后及首相大臣们表演的游戏。国王在桌上放紫、黄、白三根6英寸长的精美丝线。这三根丝线是国王准备的奖品，他打算以此奖励不同的人，以示其不同的恩宠。表演仪式在王宫的大殿上举行，候补人员要在这里比试和前面完全不同的技艺。国王手拿一根棍子，两头与地面平行，候选人员一个接一个跑上前去，一会儿跃过横杆，一会儿从横杆下爬行，来来回回反复多次，这些反复都由横杆的上提和下放决定。有时候国王和首相各拿棍子的一端，有时则由首相一人拿着。谁表演得最敏捷，跳来爬去坚持的时间最长，谁就被奖以紫丝线，其次赏给黄丝线，第三名得白丝线。

　　一天，我也很荣幸地获得了表演游戏供国王消遣的机会。我请求国王给我几根两英尺长的棍子，将其摆成一个面积为2.5平方英尺的四边形。然后，我又取来四根木棍，横绑在四边形的四角，离地高约两英尺。接着我把手帕平铺在九根直立的木棍上并绑紧，四面绷紧就像鼓面一样。那四根横绑的木棍高出手帕约5英寸，当四边的栏杆。然后，我就请国王让一支由24人组成的精骑兵上这块平台来操演。国王欣然同意，于是一支军队站在我的手帕上开始演习起来，他们有的进攻，有的退却，一时间刀光剑影，好不热闹。国王高兴至极，有一次竟然让我把他举到平台上去发号施令。他还费尽口舌

运用了影射的方法。"棍子"指政权。"国王手拿一根棍子"指国王操纵着政权。"首相一人拿着木棍"指有时也由首相一个人操纵。

说动王后，让我把王后连人带轿同时举到离平台不到两码的高处，从那里她得以饱览操练的全景。但有一次出了事故之后，我就再也不敢玩这种游戏了。

不久，国王又发明了一项游戏，就是让他的大将军率队在我的胯下表演。因为我的裤子已经烂得不成样子了，所以招致他们的一阵哄笑。

我上奏要求恢复自由，除海军大将斯开瑞什·博尔戈兰姆之外，全体阁员都支持我的请求。后来，这位重臣被说服了，但他坚持我的释放是有条件的，我得宣誓信守那些条件，条件文本由他亲自起草。遵照他们国家法律规定的宣誓方式，我左手抓着右脚，将右手中指放在头上，右手拇指放在右耳尖上，宣誓接受了这不甚光彩的全部条文。国王也特别赏光，亲临了整个仪式。我俯伏在国王脚下表示感恩，但是他命令我站起来，又说了很多好话，他还说，希望我做一名有用的仆从，不要辜负他已经赏赐予我并且将来还可以赏赐予我的恩典。

他们在我接受条件之后，允许我每天可以获得足够维持1728个利立浦特人生活的肉和食品，据说这是经过科学测量得出的结果。

王宫里永远有着各种奇怪的取乐方法。

作者的温顺以及为皇上取乐有了效果，这些换来了他有条件的自由。

"不甚光彩"是指被迫要做的事。

▌情境赏析▐

　　这一章写了宫廷中的游戏和表演，以及格列佛获得自由的经过。在这一部分里，作品向我们展现出群臣为了争宠、获取高位，而不惜把命悬在一根细绳上去卖命表演的一组场景。

　　其中几段跳绳上和手帕上舞蹈的描写惟妙惟肖，是作品中经典的影射式讽刺段落。影射，即通过借甲指乙，从而达到讽刺历史与时政的目的。正是这部分的影射式讽刺让我们看到了政府的荒唐可笑、官员们的阿谀奉承、国王的寻欢作乐。

　　表面上看，这一部分是利立浦特人的官场内幕（即甲）。首先，作者勾勒出利立浦特人获取宫职的可笑行为。其次，影射出执政者掌权的手段。这意味着朝廷上下全在执政者掌握之中。

▌名家点评▐

　　一件平常的事假如到了斯惠夫德（斯威夫特）或果戈理的手里，我看是准可以成为出色的讽刺作品的。

——鲁迅

第四章

　我奏请国王，甘愿冒生命危险对敌作战。在对敌国的战争中，我战绩非凡。

获得自由后，我获准参观首都密尔敦多。

尽管国王很早就希望我去瞻仰一下他那金碧辉煌的宫殿，但我身躯庞大，无法进去。后来，我做了两个 3 英尺高的凳子。我在外院先站在一个凳子上，又把另一个凳子放在内外院之间，就这样，用两个凳子前后替换的方式进了王宫内院。我终于得见辉煌的内宫并接受了王后大人赐予的亲吻。

获得自由后约两星期的一个早上，内务大臣瑞尔德里沙来到我的寓所，只带了一个随身侍从。他希望我把他拿在手里交谈。他对我说：

"要不是因为朝廷现在这个处境，你也许不会这么快就获得自由。因为在外人看来可能我们的国势似乎还很兴隆，实际上却面临着两大危机：一是国内党争激烈，二是国外强敌入侵的危险。

"至于内忧，是因为 70 多个月以来，王国内有两个

格列佛参观国王的宫殿。

辉煌的宫殿里暗流横涌，潜伏着危机。

影射两大政党之争。

党派一直在钩心斗角。一个党叫作特莱姆克三，一个党叫做斯莱姆克三，区别就在于一个党的鞋跟高些，另一个党的鞋跟低些。事实上，据说高跟党最合古法，但不论怎样，国王却决意一切政府行政管理部门只起用低跟党人。这一点你是一定觉察得到的，国王的鞋跟就特别低，和朝廷中任何一位官员比，他的鞋跟至少要低一'都尔'。现在的问题是王太子殿下可能倾向高跟党，因为他的鞋一只高一只低，走路很不平衡。

讽刺王太子的"骑墙"主张。

"外患主要来自不来夫斯古国，一个论面积和实力都可以和我国抗衡的大王国。我们与他们已经苦战了36个月了，争端起源于吃蛋时该先打破鸡蛋的哪一端，按照我国的规定，吃蛋时，应先打破蛋较小的一端，违者重罚。但总有许多人痛恨这条法规。这件小事曾引起6次叛乱，导致一个国王送命，一个国王逊位。这些内乱都是由不来夫斯古国火上浇油煽动起来的，每一次叛乱平定后，亡命的打破大端派总要去那里求得保护，而每到此时，不来夫斯古国就会责备我们违背先知和道义，因为伟大的先知曾提出：'一切真正的信徒都要在方便的一端打破他的蛋。'就这样，在国内受排挤的打破大端派取得了敌国朝廷的信任，这必然引起两大王国的血战。现在他们凭借新建的大舰队，正要进攻我国。我今天就是奉命来告诉你这件皇家大事的。"

荒谬的交战原因。奇特的想象、尖锐的讽刺。

我即刻奏请国王：虽然我是个外国人，不便干预党派纷争，但为了保卫国王陛下和他的国家，我甘冒生命危险，随时准备抗击一切入侵者。

我了解到，不来夫斯古国是与利立浦特国只隔一条宽 800 码海峡的东北方的一个岛国。

自从得到敌人企图入侵的消息以后，我就避免去那一带海岸露面，为的是不使敌人的船只发现我，因为他们至今还没有得到关于我的任何情报。

我向国王提出了我的构想——如何夺取敌人整个舰队的方案。据我们的前线侦察员报告，敌人的舰队正停泊在一处不容易发现的港湾，一旦顺风，立刻起航。

破折号在这里起到解释说明的作用。

经过细心的侦察后，我准备了特制的缆绳和铁钩，各 50 个，拴在一起。接着，我脱掉上衣、皮鞋和袜子，穿着牛皮背心涉水而过，一直走到敌舰停泊的地方。当敌人见到我的时候吓坏了，有 3 万多人纷纷跳下船向岸边游去。

我拿出工具，把钩子在每一只船船头的一个孔里套牢，所有缆绳的另一端收拢扎在一起。这时，敌人射了几千支箭过来，许多箭射中了我的手和脸，不仅使我极度疼痛，工作也大受干扰。我只好取出眼镜戴上，尽可能地保护我的眼睛。接着我又忍着疼痛，果断地用刀子割断了敌舰的锚索，轻而易举地将敌方最大的 50 艘战舰拖走。

轻而易举：形容事情很容易办到。

不来夫斯古人根本没有想到我要干什么，他们起初以为我只是想让船只随波漂流或互相撞击而沉，可当他们发现整个舰队竟秩序井然地被我拉动时，立即尖叫起来，那种悲哀绝望的喊叫声简直难以形容。而我则带着我的战利品，涉水走过海峡的中心，安全返回利立浦特皇家港口。

国王以及满朝官员站在岸边，等待着这一次伟大冒险行动的结果。当看到我举起拖着舰队的缆绳，高声呼喊着"最强大的利立浦特国王万岁！"时，这位伟大的君王迎我上岸，对我竭尽赞颂，当场就封给我他们那里最高的荣誉称号——"那达克"。

"我"的高呼，表达了"我"对国王的尊敬。正是这样的欢呼，赢得了国王的赞颂及至高荣誉。

国王的野心很大，他想彻底消灭大端派的流亡者，那样他就可以做全世界独一无二的君主。但我坦白地表示，我不愿做人家的工具，使一个自由、勇敢的民族沦为奴隶。

虽然我得到了一部分人的支持，但我却因此而得罪了国王，从此，他开始和那些对我不怀好意的阁员一起制造阴谋来迫害我。不到两个月工夫，我几乎快被他们消灭掉了。我终于明白，如果你拒绝满足君王的奢望，再伟大的功绩在他眼里也算不得什么。

在我立下功劳后的第三个星期，不来夫斯古国正式派出特使，卑躬屈膝，提出求和。不久，两国缔结了对利立浦特国王极为有利的和约。和约签订之后，因为听说我是他们的朋友，特使因此礼节性地来拜访了我并以

卑躬屈膝（bēi gōngqūxī）：形容没有骨气，谄媚奉承。也说卑躬屈节。

他们国王的名义邀请我访问他们的王国。他们听说了许许多多关于我力大无穷的神奇传说，很希望能观赏一下我的表演，我爽快地答应了他们。

我花了一些时间招待了这几位贵客，使他们满意又惊奇。我请他们代我向他们国王致以最诚挚的敬意。在我回到自己祖国之前是一定要去晋见的。这样，我后来谒见利立浦特国王时，就请求他准许我前去拜会不来夫斯古国的君王。他十分冷淡地答应了。我猜不出是什么原因。后来我才知道是佛林奈浦和博尔戈兰姆把我和那几位大使交谈的情况报告了国王，说我那是怀有二心的表现，不过我问心无愧，但我对朝廷和大臣的真面目终于有了些不完全的认识。

尽管我的敌人们不怀好意，使我连遭不幸，但这次朝见还是一件让人开心的乐事。

时隔不久，我因为用撒尿的方式扑灭由王后寝宫引发的大火而开罪了王后。她坚决不准修理寝宫，而且还在心腹面前发誓一定要对我采取报复手段。

问心无愧(kuì)：
反躬自问，没有对不起人的地方。

▌情境赏析▌

这一章主要描写了利立浦特的国家要事和政党之争。精彩部分也是影射手法最集中的体现。

通过影射手法，讽刺了英国统治阶级的腐败政治和各个统治集团之间的矛盾。利立浦特的宫廷就是英国朝廷，小人国的统治阶级也和英国统治阶级一样扩军备战，明争暗斗。

利立浦特和不来夫斯古之间的战争实际上是英国和法国之间的西班牙王位继承战争。引起战争的原因是人们吃鸡蛋时应该先打破大端还是小端，这实际上是指天主教和新教的斗争。宗教的原因纯粹是借口，利益的争夺与重组才是战争双方的真实目的。

作者借助影射手段，对英国的政治、外交进行了无情的鞭挞和讽刺。

▌名家点评▌

全文笔调是滑稽的嘲弄和恶谑的揶揄，抓住了影射对象便不难理解其意蕴。总的来说，这一部分还尚未表现出作者的正面理想以及对人类生存状态的思考。

——（英）狄更斯

第五章

小
人
国
概
况

我彻底地了解了利立浦特的风土人情，他们的法律、人的教育方式等都很特别。

下面给大家介绍一下利立浦特王国的风土人情：当地人的身高不足 6 英寸，最高大的牛马都是四五英寸，绵羊约 1 英寸半高，鹅像麻雀一样大，再小的东西，我几乎就看不见了。最高的树约有 7 英尺。不过，大自然赋予他们敏锐的视力。他们的各门学术都非常发达，只是书法很特别，通常从纸的一角斜着写到另一角，和英国太太小姐们的习惯一样。

他们埋葬死人时是将死人的头直接朝下，因为他们认为：11000 个月之后死人全都要复活，那时的地球会上下翻个个儿；按照这样的埋法，死人到复活的时候，就该是稳稳当当地站在地上了。

这个王国有些法律和风俗非常奇特。一切背叛国家的罪行在此均会受到最严厉的惩罚。但如果被告能在开庭审判时表明自己清白无罪，则原告将被立即处死，落个悲惨的下场；同时被告还能获得来自原告财产的高额赔偿，如果原告的财产不够赔偿，那么大部分就由皇家负担。国王还要公开对被告有所恩赐，同时颁发通告，向全城宣布被告无罪。

　　他们把欺诈视为比偷窃更为严重的犯罪，因此欺诈的人没有不被处死的。在利立浦特国，赏与罚被看成政府动作的两个真正的枢纽。但一般情况下，多用奖而少用罚。

　　在选人任职方面，他们更注重品德而非才能。

　　在他们看来，忘恩负义该判死罪，我们在书上读到其他一些国家也有这样的法律。他们的理由是这样的：无论是谁，如以怨报德，就应该是人类的公敌，根本不配活在世上。

　　对于父母与孩子之间的责任与义务，他们也有独特的看法。他们认为男女结合与养育后代都同样是出于和动物一样的自然法则。所以，子女教育不应该托付给他们的生身父母。每个城镇都设有公办学校，除农民和劳工家庭外，孩子一满 20 个月就被送到学校接受教育，由善于教导的老师来培养。

　　在收容贵族子弟的男校中，儿童穿衣吃饭简单朴素，他们受到正义、勇敢、谦虚等美德的熏陶。除了短暂的吃饭、睡眠和活动时间外，他们总有事情要做。孩子们平日不准与仆人们交谈，只准结伴出去游戏。每家要付子女教养娱乐费，到期不缴就由朝廷官吏征收。

　　在女子学校里，情况与此类似。只不过，女孩子要多学一些持家的本领。他们认为：富贵人家的主妇应该是一位和蔼而懂道理的伴侣，因为她不能永葆青春。女孩子到了 12 岁，在他们看来已经到了出嫁的年龄了，父母或者监护人就把她领回家去。他们向教师们表示万分感激，同时这位姑娘和同伴们离别的时候也不免会掉几滴眼泪。在较为低等级的女子学校里，孩子们学习各种符合她们性别和身份等级的工作。打算当学徒的 9 岁退学，其余的留到 11 岁。

村民和劳工们则把孩子养在家里，他们的本分就是耕种田地，因此他们的教育对公众来说就显得无足轻重了。不过他们中，年老多病的人靠养老院会来扶养，因为这个国家中没有一个乞丐，也就是没有乞丐这一行。

我在这个国家住了 9 个月零 13 天。由于生活的迫切需要，我用皇家公园里最大的树给自己做了一套舒适的桌椅。200 名女裁缝受雇给我制作衬衫和床单；300 名裁缝师给我做外衣。她们做出来的衣服看上去好像英国太太们的百衲衣。

约有 300 名厨师给我做饭。每位厨师给我做两种菜。20 名服务员在桌上工作，另外的 100 名在地面上侍候，他们有的手里端着一盘盘的肉，有的肩上扛着一桶桶的葡萄酒和其他酒类。我说要吃，在上面的服务员就用绳索以一种很巧妙的方法将这些食物往上吊，就像我们欧洲人从井里往上提水一样。

他们羊肉的味道不怎么好，但牛肉却喷香无比，我甚至连骨头都吞下去了。

有一天，国王带家人到我家来和我同享吃饭的快乐。财政大臣佛林奈浦在旁侍奉，他向国王报告说，我已经花掉了 150 万"斯不路"，所以最好是找个机会把我打发走。不久，由于坏人从中挑拨，财政大臣竟然怀疑他的妻子爱上了我，因此对我产生了误会，虽然这很没理由，但终究很难解释。最后，我彻底失去了财政大臣的信任。受这位宠臣的影响，国王对我的恩眷也就日渐稀少了。

小人国的处境并非一帆风顺，所以，我只好
找个借口离开，安全地回到祖国。

就在我正要去朝见不来夫斯古国的时候，朝廷的一位要人
夜里忽然隐秘地来到了我家，向我吐露了一件跟我的荣
誉和生命有着重大关系的事情。

他说："自从你大败不来夫斯古国之后，海军大将斯开瑞什·博
尔戈兰姆就对你怀恨在心，因为你的战绩让他脸上无光，于是他联合
财政大臣佛林奈浦、陆军大将利姆托克、掌礼大臣拉尔孔和大法官巴
尔墨夫拟就了一份弹劾书，指控你犯有叛国和其他重大罪行。"

他这一番话听得我急不可耐，马上想发问。但是他请我不要讲
话，自己接着说了下去："为了报答你曾经救过我的恩情，我冒着被
处死的危险设法探听到了全部消息。他们对你的指控名目繁多，其中
最核心的四条是：其一，擅入内宫，越权救火并随地小便；其二，违
抗国王命令，拒绝对敌国斩尽杀绝；其三，帮助、教唆、安慰、款待
敌国使臣；其四，借口得到国王陛下的口头允许，心怀叵测，企图前
往不来夫斯古王国投敌。在对你的处理中，财政大臣和海军大将坚持
要将你处死，他们要在夜里放火烧你的房子，让你极其痛苦地死去；

陆军大将主张率两万人用毒箭射你的脸和手。或是命令仆人们偷偷将毒汁洒到你的衬衣上，让你受尽折磨而死。倒是国王陛下决定尽可能地保全你的性命，最后争取到了掌礼大臣。

"关于此事，国王还令内务大臣瑞尔德里沙发表看法。内务大臣向国王进言，说你多次立功，确实有从轻发落的理由。他向国王建议，只需要把你的两眼刺瞎即可。虽然你失掉了眼睛，但体力并不会减弱，这并不妨碍你继续为国王效劳。

"不料，这个建议遭到全体阁员的坚决反对。海军大将博尔戈兰姆怒气冲冲地站了起来，说内务大臣没有权利保全一个叛徒的性命。你既然撒泡尿就可以将王后寝宫的大火扑灭，那么用同样的方法，下次你就可能使大水泛滥，把整座王宫淹没。你能把敌舰拖来，同样也可以把敌舰再拖回去。他还打心眼儿里认为你是个大端派。因此他指控你是叛徒，并坚持要把你处死。

"财政大臣也说，你的生活，开支巨大，皇家财政已经到了十分窘迫的地步。内务大臣提出弄瞎眼睛的办法只能使你吃得更多。他认为国王和内阁完全可以凭着自己的是非心判你死罪，并不需要依据法律的明文规定。

"但是国王陛下坚决反对把你处死。这时内务大臣再次得到发言的机会，他说既然财政大臣有全权处理国王的财政，不妨逐渐减少给你的给养，这样开支就大大缩减了。吃不到足够的食物，很快你就会被饿死。到那时你的体重轻了一大半，尸体发出的臭气也就不会有太大危害了。你一死，五六千个老百姓两三天就可以把你的肉从骨头上割下来，用货车运走，埋得远远的，免得污染。

"就这样，多亏你与内务大臣建立了伟大友情，整个事情才得到了折中的解决。

"国王严令：逐步饿死你的计划必须保密，但弄瞎你眼睛的判决却写在弹劾书中。所以，三天后，你的朋友内务大臣就会来你家向你宣读弹劾书，之后将有 20 名御医前来监督，保证手术顺利进行。

"你要采取什么对策你自己去考虑吧。为了不引起人怀疑，我得赶紧回去了。"

这位老爷走了，我心中疑惑不解，一片茫然。

不管国王是出于什么目的，他的宽大与仁慈都不可否认，只是我想不出这有什么宽大和恩典可言，这种判决显然过于苛刻。在这紧要关头，我不敢去受审，听凭那些审判官自以为是地结案。我一度又极力想反抗：要知道，这个王国整个的力量都用上也很难将我制伏，我只要用一些石块就可以轻松地把京城砸得粉碎。可是，一想起我对国王曾宣过誓，回忆起他给我的恩典，以及授予我的"那达克"的崇高荣誉，我马上就惶恐地打消了这样的念头。

最终，我决定，趁三天期限还没有过，致信内务大臣，告诉他当天早上我就动身前往不来夫斯古国。不等大臣回复，我就来到了舰队停泊的海边。我抓了一艘大战舰，在舰头拴上一根缆绳，拔起锚，脱掉衣服，将衣服连同腋下夹来的被子一起放入船中。我抱起船，半泅半涉地到达了不来夫斯古皇家港口。那里的人民早就在海边迎接我了。他们给我派了两名向导带我前往首都不来夫斯古。我把两人拿在手里，一直走到离城门不到 200 码的地方。

国王率领皇室成员和大臣们迎接了我。我告诉国王：我是践约来的，我为有这样的机会来朝见这位伟大的君王而感到荣幸。在这里，我受到了"热情"的接待，也就不想多说什么既没有房屋又没有床，不得不裹条被子在地上睡觉等困难情形了。

我到达后第三天，由于好奇心的驱使我来到了这个岛的东北海岸。在离海岸约半里格的海面上，我发现了一样东西，看上去像是一艘翻了的小船。

当我划着这艘小船驶进不来夫斯古的皇家港湾时，只见那里人山人海，大家都跑来争睹这个庞然大物。我对国王说，上天赐了我这艘船真是我的好运，它可以载着我到别的地方去，我说不定再从那里就可以回到祖国了。我请求国王下令供给我材料以便我把小船修好，又请他发给我离境许可证。他先是好心地劝了我一阵，接着倒也欣然批准了。

而此时，利立浦特的国王还以为我只是按照他的许可到不来夫斯古国去践约了。但是见我长时间没有返回，他终于苦恼起来。他派遣一名要员带了一份我的弹劾状前来不来夫斯古。他希望不来夫斯古国王能下令将我手脚捆起送回利立浦特，以叛国罪受到处罚。

不来夫斯古国王和大臣们商议了三天给他们回了一封信。信上说，把我绑起来送回去是不可能的。虽然我曾经夺走了国王的舰队，但议和时我也帮了他不少忙。他说再过几个星期两国就都可以解脱了，就不用再负担这么一个养不起的累赘，因为我已经找到一艘可以把我带走的大船。

使臣走后，不来夫斯古国王把事情的全部经过都告诉了我，同时密告我，如果我愿意继续为他出力，他将尽力保护我。我虽然相信他的至诚，但我已下定决心，再也不和君王大臣们推心置腹了。我对他的好意表示感谢并同时恭敬地请求他的谅解。我告诉他，既然命运赐给了我一艘船，是吉是凶，我都是决意要冒险出海了，我不愿这么两位伟大的君主再因我而彼此不和。国王听了我的话并未表示任何不满。

由于朝廷中人都巴不得我走，所以，我对小船的修整得到了他们的全力支持。一个月后一切都准备好了，我就派人向国王请示，并向他告别。国王带着王宫大臣出了宫送别。繁杂的告别仪式，我就不必再啰唆了。

1701 年 9 月 24 日早晨 6 点，我带着足够的食物乘船离开了。

我在一个荒岛上休息了一夜，又接着起锚前进。终于在第二天下午 3 点左右，我看见一艘帆船向东南方行驶。船上的人发现了我，扯起了旗，还鸣了枪。我出乎意料地有了重返祖国的机会，那种快乐实在难以形容。我看到船上的英国国旗，知道这是一艘英国商船。船主是约翰·毕道先生，我在船上还遇到了我的一个老同事。但当我回答他的询问，告诉他我从哪里来到哪里去时，他却以为我发了疯，以为我的遇险使我神经错乱了。我从衣袋里拿出黑牛和黑羊来，他这才大吃一惊，相信我说的全是实话。

我们于 1702 年 4 月 13 日还算顺利地到达唐兹锚地。航行中我只遇到了一次不幸的事：船上的老鼠拖走了我的一只羊，我后来在一个洞里发现了羊的骨头，肉已经全被啃光了。剩下的羊我都把它们安全地带到了岸上。我把它们放在格林威治的一个滚木球场草地上吃草，它们吃得非常痛快。在接下来我留在英国的短短一段时间内，我把它们拿出来展览，赚了不少钱。在我第二次航海前，我把它们卖了，得了 600 英镑。

我和妻子儿女一起只住了两个月，就再也待不下去了。我把妻儿的生活安顿妥帖之后，就搭乘约翰·尼古拉斯的商船"冒险"号到苏拉特去了。

> 在找寻淡水的过程中，我不小心走进了一个巨人王国。

命中注定我得忙忙碌碌过一辈子，回家才两个月，我就又离开了祖国。

1702 年 6 月 20 日，我在唐兹登上了"冒险"号商船，前往苏拉特，船长是康沃尔郡人约翰·尼古拉斯。我们一帆风顺地到了好望角。由于船上有一条裂缝，我们只得卸载货物，并在那里过冬，一直到次年 3 月末才能起航。后来，当船越过了马达加斯加海峡行驶到这座大岛的北面时，风势突变。从 1703 年 4 月 19 日开始，我们遭遇了 20 天的猛烈风暴，在这场风暴中，我们一直向东漂流，所以连船上最年老的水手也说不清我们那时的方位。

1703 年 6 月 16 日，中桅上的一个水手终于发现了陆地。17 日，我们来到一座大岛上，在离港湾不远的地方抛了锚。

这时，我们急需要解决的是淡水的问题，于是我就

介绍了航海之艰辛。在这种情形下，最容易出现意想不到的事情。

发现一块新的陆地。

下了船，在岸上大约走了 1 英里，就慢慢向港湾走回去。

大海一览无余，我看到我们的那些水手已经上了舢板在拼着命朝大船划去。我正要向他们呼喊，却忽然看到有个怪物似的巨人在海水中飞快地追赶他们。他迈着大步，海水还不到他的膝盖。但我们的水手有比他快半里格路的优势，那一带的海水里又到处是锋利的礁石，所以那怪物没有追上小船。

我吓坏了，只好拼命地跑，接着爬上了一座陡峭的小山，从那里我大致看清了这是个什么地方。我发现这是一片耕地，但首先让我吃惊的是那草的高度，在那片似乎是种着秣草的地上，草的高度都在 20 英尺以上。

我走上一条大路。路两旁是些快要收割的麦子，足足有 40 英尺高，周围有一道 120 英尺的篱笆，当我正竭力想在篱笆间找个缺口藏身时，忽然在另一块田地里又发现了一个巨人，他有普通教堂的塔尖那样高。我吓坏了，就跑到麦田里躲了起来。

只见那巨人站在台阶上高声叫喊，声音大得如同雷鸣。不一会儿，就有 7 个跟他一模一样的怪物走了过来，他们手里都拿着镰刀。原来，他们是到我藏身的这片麦田来收麦子的。我害怕极了，却只能躺在田垄中间藏着。正在这时，一个割麦子的人举步向我走来，眼看就要被他一脚踏死，我只好拼命地大叫起来。巨人闻声止步，四下张望，最后才发现了躺在地上的我。他用食指

舢(shān)板：近海或江河上用桨划的小船，一般只能坐两三个人；海军用的较窄而长，一般可坐十人左右。也叫三板。

秣(mò)草：牲口的饲料。

表明作者的惊恐程度远远超过了初到小人国时的感受。

和拇指捏住我的腰，将我一把提起。我真怕他会摔死我，但幸运的是，他见我能说会动，就把我当成一个宝贝送给了他的主人。

　　他的主人就是我之前在地里看到的那个巨人。他是一个富有的农民，他和雇工们看了我的举动之后，已经相信我是一个有理性的动物了。于是，他就把我包在手帕里，带回家给他妻子看。就像英国女子看到一只癞蛤蟆或者蜘蛛一样，这女人看到我就吓得尖声叫着跑了。后来她发现我举止文明，又很听话，也就渐渐喜欢起我来了。

比喻句。生动而又幽默。

　　那时已经是中午 12 点了，仆人送饭进来。菜就是满满的一盘肉，装在一只直径达 24 英尺的碟子里。和农民一起吃饭的有他的妻子、三个孩子以及一位老奶奶。他们坐下来之后，农民把我放到桌子上离他不远的地方。农民的妻子切下了一小块肉，又在一块木板上把一些面包弄碎，放到了我的面前。我对她深深地鞠了一躬，表示对她的感谢，接着拿出刀就吃了起来。大家见状十分开心。女主人吩咐女佣取来一只容量约为三加仑的小酒杯，斟满了酒，我吃力地捧起酒杯极为恭敬地把酒喝下，一边竭力提高嗓门儿用英语说："为夫人的健康干杯！"大家都笑了起来，我差点儿被笑声震聋了耳朵。接着主人做了一个手势让我走到他切面包用的木板那边去。我很害怕，走在桌上的时候，

这段描写把中午吃饭喝酒时的热闹、欢迎气氛淋漓尽致地表达了出来，使读者犹如身临其境一般。

不巧被一块面包屑绊了一跤，我马上爬了起来，拿起帽子，举过头顶挥了挥，连呼三声"万岁"，向关心我的人表示我并没有跌伤。就在我往前向我的主人走去的时候，他那 10 岁的小儿子出于好奇，一把抓住了我的两条腿把我高高地提到了半空中，吓得我手脚直颤。我的主人赶紧把我抢了过来，同时狠狠地给了那孩子一记耳光，并命令人把他带走，不许上桌。为了不让小孩儿向我复仇，我只好跪下请求他的父亲原谅他。小家伙于是重新回到座位上。

女主人家里的猫也很巨大，有三头公牛那么大，至于狗，就像四只大象加起来一样大。

一段小波折，格列佛很好地处理了它。

午饭就要用完的时候，保姆抱着个 1 岁的小孩儿走了进来。那孩子咿咿呀呀，要拿我当玩具。他母亲就把我拿起来送到了孩子跟前。他立刻拦腰将我抓住，把我的头直往嘴里塞。我大吼起来，吓得这小淘气一松手把我扔了。要不是他母亲用围裙在下面接住我，我肯定是跌死了。

与在小人国时的强大形象不同，在大人国里，格列佛是如此的弱小，总有不可知的危机在等待着他。

午饭后，女主人把我放到了她自己的床上，把一条干净的白手帕盖在我的身上，但那手帕比一艘战舰的主帆还要大，也非常粗糙。我大约睡了有两个钟头，醒来时，我发现自己孤零零地躺在一间巨大的房间里，床离地面有好几米高，仅我睡的床就有 20 码宽呢！

┃ 情境赏析 ┃

这一章主要写格列佛初到巨人国时的情景，描述了格列佛初见巨人时的戏剧化场面。格列佛一下子置身巨人国，自己仿佛变成了一个利立浦特人。格列佛的视角一下子由居高临下变为处处仰视。

对比的方法是不可缺少的。在这里，与小人国部分的写法类似，运用了大量的数字描写和感受对照。

由于比例的不同、差异的巨大，格列佛的心理感受也发生巨大变化。他不再是小人国里强大、威猛的"巨人山"了，而是感到"不安""惊骇万分""悲伤""失望"的"小不点儿"了。正是这样强烈的对比，使得格列佛开始思考人的生存状况，思考人生的价值。这样描写，具有独特的反讽效果。

┃ 名家点评 ┃

如果要我开一份书目，列出哪怕其他书都被毁坏时也要保留的六本书，我一定会把《格列佛游记》列入其中。

——（英）乔治·奥威尔

第八章

我被主人带领着走遍一个个大城小镇，做了一次又一次的表演。

女主人有个 9 岁的女儿，聪明伶俐，做得一手好针线活儿。有一天，她和她母亲一起想出了用娃娃的摇篮做我的床的主意，并用一只柜子的抽屉来放摇篮，又把抽屉放在一个悬架上以防耗子。等我开始学习他们的语言，能够让他们明白我的需要时，那床也就被改得更加方便舒适了。

小女孩又给我做了 7 件衬衫和一些内衣，用的都是她们那里最精致的布。小女孩还是我的语言教师。她给我起了个名字，叫"格里尔特里格"，全家人都这么叫我，后来全国的人也都这么喊我。我能在那个国家里活下来，主要还得归功于她。在那段时间里我们从来都不分开，我管她叫我的"格兰姆达尔克立契"。

这件事很快就传到了邻里们的家中，他们议论纷纷，说我是一头怪兽。

我的主人有个特殊的朋友甚至登门拜访，想弄清事情的真相。不料，就是这个人，一手造成了我的悲惨命运。他给我的主人出了一个馊主意，让我的主人趁赶集的日子把我带到邻近的镇上去展览，以此赚取钱财。

赶集的日子到了，我的主人就把我装到箱子里带到邻近的集镇上去了。我的小保姆也跟在了后面，小姑娘很细心，她把娃娃床上的被褥拿来放到了箱子里，好让我一路躺着。

主人在一家他常光顾的小旅馆前下了马。他先和旅馆主人商量了一阵，又把必要的准备做好，接着就雇了大嗓门儿的喊事员，通知全镇，让大家到绿鹰旅馆来观赏我。

我被放到旅馆里的一张桌子上。主人为了避免人群拥挤，每次只让 30 个人进来看我。我的小保姆紧挨着桌子站在一张矮凳子上，她一边照看着我，一边指挥我表演。我按照小保姆的指令在桌子上走来走去，进行各种表演。那天我一共表演了 12 场，被迫一遍又一遍地重复那些舞刀弄枪的把戏，累得我有气无力，苦不堪言。那些看过我表演的人出了门就大肆宣扬，所以人们准备破门而入来观赏。主人为了防止出危险，在桌子四周设了一圈长凳，远远地将我与众人隔开，以使人们碰不到我。但是，一个捣蛋鬼小学生拿起一个榛子对准我的头直扔了过来，差一点儿就击中了我。不过这小流氓被痛打了一顿，轰出了房间。

格列佛被迫做着无聊的表演。

格列佛疲于整日的表演。

　　我的主人当场宣布下一个赶集日还带我来表演，同时他给我准备了更舒适的车子。他这么做是有道理的。第一次旅行下来我已疲惫不堪，加上连续八个钟头表演，两条腿快要站不住了，说话都有气无力的了。至少要过三天，我才能恢复体力。

　　可是我在家中也得不到休息，因为方圆 100 英里内的人们听说我后，都赶到主人的家里来看我。每一次主人让我在家表演时，即使是只给一家人看，他也要求按满屋子的人数收费。每个星期除星期三我可以休息外，每天都很难轻松地度过。

格兰姆达尔克立契处处照顾格列佛。

　　我的主人发现我能给他赚大钱，就决定带着我到全国各大城市走一趟。1703 年 8 月 17 日，也就是我到这地方后约两个月的时候，我们动身前往靠近该王国中部，离家约 3000 英里的首都。我的主人让他的女儿格兰姆达尔克立契骑在马上坐在他身后。她把装着我的箱子系在腰间放在膝上。箱子里四周她都用最柔软的棉布垫好，棉布下面垫得厚厚的。她把婴儿的小床放在里面，又给我预备了内衣和其他一些必需品，把一切都尽量搞得方便舒适。我们的同行人只有一个男仆，他带着行李骑马跟在后面。

　　主人的计划是让我在沿途所有的市镇上都进行表演，所以我们走得很慢，一天走不上 150 英里。格兰姆达尔克立契有意想照顾我，就抱怨说马把她颠累了，这样我们就能走走歇歇。她常常应我的要求把我从箱子里拿出来，让我呼吸新鲜空气，观赏四野的风光。我们一共走了 10 个星期，我像展品一样在数十个大小城市被展出。

直到 10 月 26 日，我们才到首都，当地人称这个地方是"洛布鲁格鲁德"，意思是宇宙的骄傲。我的主人在离王宫不远的地方住了下来。在那里我一天演出 10 场，所有人看了都惊叹不已。

格列佛随主人来到了首都，他的宫廷之行即将开始。

情境赏析

这一章主要写格列佛在农夫家的生活，同时对农夫女儿进行了充满温情的描写。全章乃至全书最让人感到温暖的就是这个小女孩了。

小姑娘聪明伶俐，心地善良，心灵手巧，她对格列佛充满了关怀和爱护。这对于处在恶劣环境中的格列佛来说，无疑是最大的安慰和帮助了。在小保姆身上所体现出来的美是一种内在的、人性的美。这也与她父亲对格列佛的贪婪压榨形成鲜明对比，也与国王和王后的宠爱形成对照。在她那里，格列佛获得了尊严和平等。

名家点评

斯威夫特以格列佛的名义著作了这部书，这是写给那些像格列佛那样诚实、热爱自由的英国人民的儿子看的。

——（苏）阿尔泰莫诺夫

第九章

王后令人用 1000 金币将我买入王宫，我和小保姆进入了一个新天地。

演出异常辛苦，不到几个星期，我的身体就发生了很大的变化，我瘦得几乎就剩一把骨头了。那农夫见我的情形断定我肯定是活不长了，就决定尽可能地从我身上多捞一把。正当他在那里这么盘算的时候，从朝廷来了一个"斯拉德拉尔"，命令主人马上带我进宫给王公贵族们表演取乐。

在王宫里，我的表演同样大受欢迎，王后甚至问我是不是愿意住到宫里来。我谦卑地回答说，我愿终身为王后陛下效劳，王后大喜过望，立即令人用 1000 金币将我买下，并应我的请求，留下了我的小保姆，也就是主人的女儿。然后，我与主人淡淡地辞别了。

王后看出我闷闷不乐，忙问其原因。我大胆地将我在农民家的悲惨经历说给王后听，并向王后表示，我已经报答了农民收留我的那点儿恩情。王后非常惊奇这么一个小小的动物竟会这么聪明而有见识，她亲自把我带到国王那儿。

国王庄重威严，一开始，还以为我是哪位能工巧匠设计出来的一件玩物呢。可是当他听到我得体的谈话时，他大为吃惊。他又故意问了我几个问题，我回答得清晰自然。

国王陛下召来了三位大学者，这几位先生先是仔仔细细地把我的模样看了一番，然后开始就我发表不同的意见。他们一致认为，按照大自然的一般法则，是不可能产生我这个人的。他们反复辩论了半天后，一致得出结论：我只是一个"瑞尔普拉姆·斯盖尔卡斯"，意思是造化弄人。

为了让大家相信我，我向国王郑重介绍了我的祖国。我告诉他，在我们国家人们都和我一样，而且我们国家的动植物、房舍都与我们的身材相称。大家听了，报以轻蔑与不信任的一笑——他们认为，我定是受了那农夫的蛊惑，才说出这番疯话，我没办法，只好拉出我的小保姆做证，那些人才相信。

王后非常喜欢我陪着她，少了我她简直饭都吃不下。她吃饭时，我坐在她左手的桌面上。格兰姆达尔克立契站在放在地上的一张小凳子上，紧挨着我的桌子帮着照料我。我有一整套像儿童玩具一样的银制餐具。王后总是把一小块肉放到我的碟子里让我自己切着吃。她非常愿意看我小口小口地吃东西，把这当成一种乐趣。王后实际上胃口并不大，但至少吃下的也是 12 个英国农民一顿饭的饭量。她能将百灵鸟的一只翅膀连肉带骨一口嚼得粉碎，而那翅膀就有 9 只长足的火鸡那么大。她用金杯喝酒，一口就喝一大桶多。她的餐刀有两把镰刀拉直了那么长，汤匙、叉子和其他餐具也都成相应的比例。

星期三是他们的安息日，每逢这一天，国王、王后和王子、公主们按照常规要在国王陛下的内宫里一起聚餐。每当这时，他们就把我的小桌椅放在他们左手边的一只盐瓶跟前。这位君王很乐意向我了解一些关于欧洲的风俗、宗教、法律、政府和学术方面的情况，我都详尽地给他介绍。一说起我亲爱的祖国，说起我们的贸易、海战和陆战、宗教派别和国内的不同政党，我的话就有点儿多了。国王受的教育使他成见颇深，所以他不禁用手拿起我来，问我是一个辉格党还是一个托利党。不等我回答，他就转过身去对他的首相说，人类的尊严实在微不足道，像我这么点儿大的小昆虫都可以模仿。"不过，"他又说，"我敢保证这些小东西倒也有他们的爵位和官衔呢，他们建造一些小窝小洞就当房屋和城市了，他们修饰打扮以炫人耳目，他们谈情说爱，他们打仗、争辩、欺诈、背叛。"

我那高贵的祖国原是学术、武功的权威，法国的克星，欧洲的仲裁人，是美德、虔诚、荣誉和真理的中心，是全世界景仰的国家，想不到竟如此不被放在眼里，真让我生气！

但是当我冷静思考之后，我都开始怀疑我是不是受了伤害。因为几个月下来，我已经看惯了这个国家的人的样子，听惯了他们的言谈，眼中所见的每一件事物也都大小相称，起初见到他们身躯与面孔时的恐惧至此已逐渐消失。如果此时再让我看到华服冠带的英国贵族，我说不定也会笑话他们。

最使我感到屈辱的是王后的侏儒了。他是这个国家有史以来个子最矮的人，见有个小东西比他还小很多，他就傲慢无礼起来。一天吃晚饭的时候，我说的一句话把他惹怒了，这坏小子竟站到王后的椅子上，一把将我抓起并扔进盛着奶酪的一只大银碗里，之后撒腿就跑。而我由于没有防备，结果连头带脚栽进了碗里，要不是我擅长游泳，很可能就要遭大罪了。格兰姆达尔克立契那时刚好在房间的另一头，而王后吓得手足无措，不知如何是好。当我的小保姆把我从中提出来时，我早已吞下了半夸脱多的奶酪。尽管我没有受什么大伤，但王后还是惩罚了那侏儒，最终把他送了人，这让我感到得意。

在这之前还有一次，这个坏家伙趁机把我塞进一根髓骨里，搞得我十分狼狈。要不是我替他说情，这小子早就受到严厉的惩罚了。

我讨厌的东西还有像百灵鸟一般大的苍蝇，我常常趁它们飞在空中时用刀把他们砍成碎块。有一天早上，我在窗口吃早餐时，甜饼的香味引来一群黄蜂。我拔出腰刀，杀死了其中的 4 只。它们个个都有鹌鹑一样大，光蜂刺就有 1 英尺长。我把这些蜂刺作为纪念品收藏起来，回国后，将其中的三根送给了格雷善学院。

在国王和王后的帮助下，我饱览了这个国家奇异的景象。

巨人国是一个半岛，领土辽阔，三面环海。国内没有一个海港，河流入海处的海岸边到处布满了尖利的岩石，海上一向是波涛汹涌，没有人敢冒险驾驶小船出海，所以说这里几乎是个与世隔绝的地方。

这个国家人口稠密，有 51 座大城市，有城墙的城镇大约有 100 个，此外还有无数个村庄。首都洛布鲁格鲁德有 8 万多户人家，居民在 60 万左右。

国王的宫殿是一座不太规则的大厦，它是一大堆占地方圆约 7 英里的建筑物；主要房间一般都有 40 英尺高，长和宽也都与之相称。国王赐给格兰姆达尔克立契和我一辆马车。为了便于旅行，王后又下令给我做了一只约 12 英尺见方、10 英尺高的小箱子。箱子三面的正中都各开有一扇小窗户，每当我在马车里坐累了，骑着马的仆从就会把我放进箱子内。这样，我就能饱览全国景象而不感到疲惫。

我很想去看看这个国家主要的一座庙宇，特别是它的钟楼，据说是全王国最高的。因此，有一天我的小保姆就带我去了，不过老实说，我是失望而归，这座钟楼从地面到最高的尖顶总共不到 3000 英尺。就比例而言，它并不能让人感到惊奇。但是其美丽与结实显然可以弥补它高度上的欠缺。庙宇的墙壁差不多有 100 英尺厚，都是用每块约 40 英尺见方的石头砌成的。墙四周的几处壁龛里供放着用大理石雕刻的、比真人还要大的神像和帝王像。有一尊神像的一个小指头掉落了，躺在垃圾堆里没人注意，我量了一下，正好是 4 英尺长。格兰姆达尔克立契用手帕把它包起来，装在口袋里带回了家，和其他的一些小玩意儿放在一起。

国王的厨房真是一座宏大的建筑。它的屋顶呈拱形，大约有 600 英尺高。厨房里的大灶比圣保罗教堂的圆顶要小十步，因为我后来回国以后曾特地去量了一次。

国王养的马一般不超过 600 匹。这些马身高大多在 54～60 英尺。不过，每逢重大节日国王出巡时，为了显示其威仪，总有 500 匹马组成的警卫队相随。

第十一章

在巨人国，我经历了几件事，每一次都让我险些丧命。

由于我身材矮小的缘故，曾出过几件可笑而麻烦的事。

那还是在那个侏儒离开王后前，有一次，在花园里，我曾讥笑他和那几棵矮苹果树有相似之处，一下子惹恼了他，这坏小子就瞅准我正从一棵树底下走过的机会，在我头顶摇起树来。这一摇，12只像布里斯托尔酒桶一样大的苹果，就劈头盖脸地掉了下来，我弯腰逃跑时，有一只还砸坏了我的腰。不过在我的请求下，王后没有责罚那侏儒。

还有一天，格兰姆达尔克立契把我丢在一块光滑平整的草地上，就和她的家庭女教师去散步了。一阵冰雹把我打得遍体鳞伤，因为它们每一个都有网球那么大，而且来势凶猛。

还有一次，也是比较危险的一次，我的小保姆把我放在地上有事走了，这时来了一只狗，不容分说就把我叼在了嘴里，幸好那狗受过极好的训练，所以虽然它这么用上下齿叼着我，我却一点儿也没有受伤，不过这可把那花园管理员给吓坏了。这件意外的事情发生过后，格兰姆达尔克立契下定决心，以后绝不敢再放我一人出去了。

一天，我保姆的女教师的侄子来了，他是一位年轻的绅士。他硬要拉她俩去看一名罪犯被执行死刑。我就一起去了。那罪大恶极的家伙被绑在专门竖起的断头台的一把椅子上。行刑刀大约有 40 英尺长，一刀下去，他的头就被砍了下来。从静脉管和动脉管喷出了大量的血，血柱喷到空中老高，就是凡尔赛宫的大喷泉也赶不上它。人头落到断头台的地板上砰的一声巨响，虽然我至少远在半英里外的地方，还是给吓了一跳。

王后常听我说起海上航行的事，觉得很好奇。所以她总是向我问个够，甚至还提出让工匠照我说的给我造了一艘游艇，并给我提供一个划船的场所。那个聪明工匠在我的指导下，10 天工夫就造成了一艘船具齐备的游艇，足足容得下 8 个欧洲人。船造好后，王后非常高兴，用衣服兜着它就跑去见国王。国王随即下令把船放入一只装满水的蓄水池中，让我到船上试验一下，可是地方不够大，我无法划那两把短桨。好在王后早就想好了另一个办法。她吩咐木匠做了一只 300 英尺长、50 英尺宽、8 英尺深的木槽，木槽上涂满沥青以防漏水。那木槽就在王宫外殿的地上靠墙放着。靠近槽底的地方有一个开关龙头，要是水开始发臭就把它放出去，再灌满新水。我时常在这里划船自娱，也给王后及贵妇们消愁解闷。

我划船的技术好，动作灵巧，她们看了觉得非常开心。有时我把帆挂起来，贵妇们就用扇子给我扇出一阵强风，这时候我只要掌掌舵就行了。贵妇们如果累了，就由几名侍从用嘴吹气推帆前进，我则随心所欲，一会儿左驶，一会儿右行，大显身手。

每次划完船，总是由格兰姆达尔克立契把船拿到她房里去，挂在一只钉子上晒干。

可是，在这样的划船运动中我差点儿丢了性命。一名侍从先把我的船放到了木槽里，这时格兰姆达尔克立契的那个女教师多管闲事，她要把我拿起来放到船上去。可是我不知怎么从她的指缝中间滑落了，要不是我侥幸被这位好太太胸衣上插着的一枚别针挡住，肯定是从 40 英尺的空中直接跌到地上。别针的针头从我衬衣和裤腰带的中间穿过，这样我就被吊在了半空中，一直到格兰姆达尔克立契跑过来将我救下。

我在那个王国所经历的最危险的一件事，是一位御厨管理员养的一只猴子惹出来的。那天格兰姆达尔克立契把我关在她的小房里，就到别处去办事了。忽然有一个东西从窗户跳进来，它忽高忽低地跳了一会儿，就发现了我栖身的木箱。原来是只猴子，它正从四面往里探头探脑，这让我很害怕。尽管我东躲西藏，可最终还是被它拽了出去。它用右前爪将我抓起，像保姆给孩子喂奶似的抱着我、抚摩我。它正这么玩着，忽然从小房子的门口传来一阵响动，好像是有人在开门，这打断了它的兴头。它突然蹿上原先进来的那扇窗户，沿着导水管和檐槽，一边抱着我，一边从窗口一直爬上邻屋的屋顶。

猴子将我抱出去的那一刻，我听到格兰姆达尔克立契一声尖叫。这可怜的姑娘急得好像快要疯了一样。王宫这一带整个儿沸腾了。仆人们跑着去找梯子。宫里有好几百人看见那猴子坐在一座楼的屋脊上，前爪像抱婴孩似的抱着我，另一只前爪喂我吃东西，它将颚部一侧颊囊里的食物硬挤出来往我嘴里填，我不肯吃，它就轻轻地拍打我，逗得下面的一帮人忍不住哈哈大笑。这时，营救我的人从梯子上爬了上来，那猴子见事不妙，就丢下我逃走了。

我脱险后，小保姆用一根细针把脏东西从我嘴里弄了出来。我大吐了一阵，轻松了许多。可我还是很虚弱，那猴子捏得我腰部到处是伤，让我在床上躺了两个星期。国王、王后以及宫里所有的人每天都派人来探望我。没几天，那猴子就被杀了，王后同时下令，以后宫内不准再饲养这种动物。

我康复后，立刻就去拜谢国王。国王跟我开了好一阵玩笑，还问我，要是在欧洲碰到类似情况该怎么办？我告诉他，在欧洲我可以一人对付十多只猴子，而这只猴子尽管看起来像一头大象那么大，但我若不是因为吓坏了，就一定会用腰刀把它砍伤。我坚决的口气引来哄堂大笑，我这才意识到：如果一个人住在一个跟任何人都无法比拟的地方还一个劲儿妄自尊大，是徒劳的。

第十二章

国王很希望知道关于英国的情况，可当我告诉他时，他却对英国的制度感到惊讶。

聪明的格列佛有着高超的技能。

每周我都会有那么一两次机会去参加国王的早朝，这时候我经常看到理发师在给他剃胡子。这个国家有个风俗习惯，就是国王每星期只刮两次胡子。有一次，我捡了四五十根最粗硬的胡子茬。然后我找了一块好木头，把它削成梳背模样，又向格兰姆达尔克立契要了一根最小的针，等距离地在梳背上钻了几个小孔。我很巧妙地将胡子茬在小孔里装好，然后用小刀把它们削得尖尖的，这样就做成了一把很实用的梳子。

他又用头发丝编成两把藤椅。

这使我想起了一件好玩的事来。我请王后的侍女替我把给王后梳头时掉落的头发留起来，又请我的木匠朋友做了两把和我箱子里那几把椅子一样大小的椅子框架，并在要安装椅背和椅面的地方边上用细钻钻上许多小孔。然后我挑选最结实的头发往孔里穿，就像英国人做藤椅那样编织起来。椅子做成后，我就把它们当礼物送给了王后。她把椅子放在房间里，常常当稀奇之物拿给人看。

　　我还用这些头发做了一个约有 5 英尺长、样子很好看的小钱包，并且用金线把王后的名字织了上去。王后非常喜欢，她把钱包作为赏赐，送给了格兰姆达尔克立契。

　　国王的最大爱好就是听音乐，他常在宫里开音乐会。但是那声音大得让我根本得不到美的享受。格兰姆达尔克立契房里就有一架琴。一次我突发奇想，想用这件乐器给国王和王后弹一首英国的曲子。我准备了两根和普通棍棒差不多大小的圆棍，一头粗一头细，粗的一头用老鼠皮裹起来，这样敲起来既不会损坏键面，也不会妨碍发声。琴前面放一张长凳，比键盘大约低 4 英尺。他们把我放到长凳上，我就斜着身子在上面尽快地跑来跑去，一会儿跑到那边，一会儿又跑到这边，握着那两根圆棍，该敲什么键就狠狠地敲，这样算设法演奏了一首快步舞曲。国王和王后听得心花怒放。

格列佛向国王展现了自己的音乐才能。这场演奏成了他生平最剧烈的运动。

　　我曾说过，国王是一位具有杰出理解力的君王。他希望我尽可能详细地给他讲关于英国政府的情况，他很想知道有什么东西值得他仿效。

　　我首先告诉国王，我国领土由两个岛屿组成，三大王国统归一位君主治理，此外在美洲我们还有殖民地。我向他详述了我们那肥沃的土地和温和的气候。接下来我又谈到了英国的上下议院、法院、财政制度、教会和政党，以及运动和游戏等其他琐碎的事，凡是我认为足

格列佛与国王的谈话，使他获得了国王的好感。

以为国争光的事儿，我都毫无遗漏。我总共被召见了 5
次才把这许多事情说完，每次历时几个小时。国王很用
心地听，并不时地记下谈话要点，以及他准备向我提出
的一些问题。

　　国王在第 6 次召见我的时候，就向我提出了他的许
多疑问，向我询问了青年贵族的培养办法、新贵们的遴
选办法和遴选条件等问题，并且问我在这个过程中是否
会存在贿赂和阴谋。国王还想知道在下议院选举中有没
有资金运作的事，以及这些热心的绅士会不会牺牲公众
利益来迎合邪恶的君王和内阁的意志，等等，我都一一
作答。当他听我谈起那些费用浩繁的大规模战争时，他
怀疑我们可能是一个爱争吵的民族，要不然我们的四邻
就都是些坏人，而将军一定比国王还阔气。特别是当他
得知我们在和平时期也要从自由民中招募常备军时，他
感到格外惊讶。

　　另外，国王对我所叙述的近百年来的国家大事深感
惊奇。他认为这些所谓大事不过是一大堆阴谋、叛乱、
暗杀、屠戮、革命或流放，完全是贪婪、党争、伪善、
无信、残暴、愤怒、疯狂、怨恨、嫉妒、阴险和野心所
导致的恶果。

　　国王在他另一次召见我的时候又不厌其烦地将我所
说的一切扼要地总结了一下。我永远忘不了他那番话以
及他说话的态度：“我的小朋友格里尔特里格，你对你

的祖国发表了一篇最为堂皇的颂词。从你所说的一切来看，在你们那儿，获取任何职位似乎都不需要有一点儿道德，更何谈美德？教士地位升迁不是因为其虔诚或博学；军人晋级不是因为其品行或勇武；法官高升不是因为其廉洁公正；议会议员当选也不是因为其爱国。至于你呢，"国王接着说，"你生命的大半时间一直在旅行，我很希望你到现在为止还未沾染上你那个国家的许多罪恶。依我所见，你的同胞中，大部分人都是在地面上爬行的小小害虫中最有毒害的一类。"

这个结论不仅是作者对英国政治黑暗背景的剖析与评价，也是对人性阴暗面的痛苦认识。

情境赏析

　　本章的重点部分是格列佛与国王之间的谈话，格列佛讲述自己国家的情况，之后国王发表了他自己的意见。主要内容是对英国统治阶级的腐化败坏和不合理的政治社会制度的批判和抨击。这部分是巨人国国君对英国政治、法律体制的反诘与评论，国君提出了一系列问题，从而揭穿了英国政治的黑暗和残暴，揭露了人民和统治阶级之间的矛盾。

　　作者假借巨人国国王之口揭露了英国统治阶级的丑恶面目。

　　作者否定了不合理的制度，却又无法建立一个完善的体制，只好"回头"试图从历史中寻找答案。然而他没有在成功，正是这样的失落，促使斯威夫特对人性产生了更为深刻而痛苦的认识。"你的同胞中，大部分人都是在地面上爬行的小小害虫中最有毒害的一类"这句评价直指人性阴暗面里的痛苦认知，这为第二十九章中，讽刺和抨击"人"本身——"野胡"埋下了伏笔。

第十三章

我提出一项对国王极为有利的建议，却被拒绝。

当时，我不得不耐着性子，听凭别人对我那高贵而可爱的祖国大肆侮辱。我真的感到很难过，可这位君王偏偏又喜欢寻根究底。我巧妙地避开了他的许多问题，并且还尽量往好处说，因为我向来偏袒自己的祖国。我要掩饰我的"政治妈妈"的缺陷和丑陋，而竭力宣扬她的美德和美丽。在和那位伟大的君王多次谈话中，我都没有成功。

如果把这样一位偏远国度的君王的善恶观当成全人类的标准，实在令人难以接受。有一次，我告诉他：三四百年前有人发明了一种粉末，这种粉末见火就着。把这种粉末装进铜管或铁管，就可以制成无坚不摧的铁弹或铅弹。而且，我对这种粉末的成分十分熟悉，也知道调配的方法，完全可以指导他的工人制造出与陛下的王国内其他各种东西比例相称的炮管来。有二三十根这样的炮管，就可以威震四方。

国王听罢，大为震惊。他很惊异，像我这么一只无能而卑贱的昆虫，竟怀有如此非人道的念头，他坚决表示，宁可失去半壁河山，也不愿听到这样一个秘密。他命令我，如果我还想保住一命，就不要再提这事了。

我没有想到，这品质高尚的君王竟然如此死板教条，竟会让到手的机会轻易失去，真是难以理解！

记得有一次，我告诉他们，我们国家写过几千本关于政治这门学问的书，国王却说，他憎恨而且鄙视一切矫揉造作和阴谋诡计，不管它们出自君主还是大臣。在他看来，治理国家的知识不外乎常识和理智、公理和仁慈，以及从速判决各类案件和琐事。

这个民族的学术十分贫乏，只有伦理、历史、诗歌和数学几个部分。应该承认，他们在这几个方面的成就还是很卓越的。可是他们的数学完全应用到有益于生活的事情上去了，用来改良农业以及一切机械技术，所以在我们看来不足称道。

这个国家共有 22 个字母，他们的法律都是用最明白的文字写成，他们的人民也没有那么狡诈——能在法律上找出一种以上的解释。没有任何一人敢对法律写文章进行评论，因为那是死罪。至于民事诉讼的裁决或刑事审判的程序，由于他们的判例太少，两方面都没有什么可以值得吹嘘的特别的技巧。

同中国人一样，他们也是在很久很久以前就有了印刷术。可是他们的图书馆却并不是很大。我可以在那儿自由借阅我所喜爱的任何图书。他们的文章风格清晰、雄健、流畅，可是不华丽。我仔细阅读过他们的许多关于历史和道德方面的书籍。其他方面的书呢，我最喜欢看一直摆在格兰姆达尔克立契卧室里的那一本比较陈旧的小书。该书作者论述了欧洲道德学家经常谈论的所有主题，指出人本质上是一种十分渺小、卑鄙、无能的动物，既不能抗御恶劣的天气，又不能抵挡凶猛的野兽。其他动物，论力量，论速度，论预见力，论勤劳，各有所长，都远远超过人类。他又说，人类在历史演进中也发生了退化。根据这一推论，作者提出了几条对人生处世有用的道德法则，不过在此就不必转述了。

　　至于他们的军事，也很不发达。这支军队由各城的手艺人和乡下的农民组成，担任指挥的只是当地的贵族和乡绅，他们不领薪饷，也不受赏赐。他们的操练无可挑剔，军纪很好，我常常看到洛布鲁格鲁德城的民兵被拉到城郊一块面积20平方英里的巨大的空地上去操练。他们的总人数不会超过2.5万名步兵和6000名骑兵，不过他们所占地盘太大，我无法计算出确切的数目。一名骑在一匹大战马上的骑兵大约有100英尺高。我曾见过一整队这样的骑兵，一声令下，同时抽出剑来在空中挥舞。没有人能想象出如此惊心动魄的壮观场面！看上去仿佛是万道闪电在天空中从四面八方同时耀射。

　　据我了解，他们在历史上也犯过人类的通病，贵族、人民和君主三方中有人出来破坏法律，因此酿成多次内战。最后，三方订立公约，设立了沿袭至今、职责分明的民兵团。

　　我正在箱子里休息时，却被一只鹰叼了起来。不过，这次意外竟让我又回到了英国。

　　虽然我坚信总有一天我会重获自由，但我实在想不出什么办法来。

　　国王也曾下令，如果再有失事的船出现，就一定为我俘虏一个和我相配的女人来繁衍后代。我可不愿意留下后代被他们当稀罕玩意儿。虽然我在这里很受优待，但是我想念我的家人，我想跟和我一样的人们在一起，在街上或田野走着，而不用担心会像小狗或青蛙那样被人一脚踩死。两年后，机会终于来了。

　　大约在第三年开始的时候，格兰姆达尔克立契和我陪同国王和王后到王国的南海岸巡行。和平时一样，他们把我放在旅行箱里带着。我早已描述过，这是一个 12 英尺宽的、非常舒适的房间。

　　我们的行程结束时，国王认为应该再到他在弗兰弗拉斯尼克的一座行宫去住几天。格兰姆达尔克立契和我由于长途旅行都感到万分劳累。我有点儿受凉，而可怜的姑娘病得门都不能出了。我假装病得很严重，希望带一位我很喜欢的仆人离开城市到海边去呼吸一下海上的新鲜空气。仆人提着我的箱子走出了行宫，走了约半个小时，来到了海边的岩石上。我吩咐他把我放下。我将一扇窗子推上去，对着大海张望。我感到很难受，就对仆人说我想上吊床小睡一会儿，希望那样会好一点儿。我爬进箱子内的吊床，仆人怕我受凉将窗子又放下了。

我很快就睡着了，仆人也不知道去哪儿了。后来我忽然被惊醒了，箱子顶上为了携带方便安装的一个铁环被猛地扯了一下，我感觉箱子被高高地举到空中，然后以极快的速度向前飞驰。开头那一下震动差点儿把我从吊床上掀下来，不过随后倒也平稳。

我尽量提高嗓门儿大喊了几声，却一点儿也不管用。过了一会儿，我听到头顶上有一种像是扇翅膀的声音——原来是一只鹰抓起了我箱子上的铁环，打算像对付缩在壳里的乌龟一样，把箱子摔到岩石上，再把我的肉身啄出来吞吃掉。

翅膀扇动的声音越来越快，我那箱子就像刮风天气的路标牌一样上下摇晃，继而又垂直下落，忽然"啪"的一声巨响，我不再往下掉了。足足有一分多钟，我眼前一片漆黑。接着箱子高高地漂起来，使我从最上面的窗子里看到了光亮。我这才发现自己掉进海里了。多亏我那箱子坚固无比，否则后果简直不敢想象。尽管如此，我也是惶惶不安，时刻担心箱子被掀翻或挤扁。

我正在发愁的时候，突然听到箱子安着锁环的一面发出一种摩擦声，箱子被一个东西拖动了。这给了我一丝希望，我用了不少办法，把嘴对着窗口求救、呼喊、将手杖伸出洞去……终于，我感觉到自己正在一点点上升，这让我欣喜若狂，继而我听到了头顶的脚步声和呼喊声，我说尽了好话，终于被救了。

我根本没有想到，我已经和一帮身材和力气都跟我一样的人在一起了。

从箱子里出来，我已虚弱至极，再无力气回答水手们好奇的提问。我已看惯了我刚刚离开的那些庞然大物，现在见到这么多矮子，一下子也糊涂了。可是船长托马斯·威尔柯克斯先生是个诚实而高贵的什罗普郡人，他见我快要晕倒了，就带我到他的舱里，给我服了一种强心药使我安定下来，又叫我上他的床稍稍休息一会儿。在入睡前我告诉他，我那箱子里有几件珍贵的家具：一张很好的吊床、一张漂亮的行军床、两把椅子、一张桌子，还有一个橱；小屋的四壁都垫着绸缎和棉絮。如果他叫一名水手去把我那小屋弄到他舱里来，我可以当面打开，把我那些物件拿给他看。船长断定我是在胡言乱语，但他还是答应按照我的要求吩咐人去办。他来到甲板上，派几个人到我的小屋里把我所有的东西都搬了出来，垫衬在墙壁上的东西也都被扯了下来；不过椅子、橱还有床架都是用螺丝钉在地板上的，水手们不知道，硬往下扯，结果大多毁坏了。他们又敲下了几块木板拿到船上来用，想要的东西全拿光后，就把空箱子扔进了海里。

我又迷迷糊糊睡着了。在睡梦中，我不断回想起我离开的那个国度，还有我经历的险境。大概是晚上八点钟，我醒过来。船长立刻吩咐给我开饭。在饭桌上我请求他耐心听我讲我的故事。我把自己最后一次离开英国到他发现我那一刻为止的经历，原原本本地说了一遍。他很快就相信我说的都是实话。我想把王后送给我的一枚金戒指转赠给他，可他拒绝了。最后，他接受了我赠送的一颗巨人牙齿。

船长说，有一件事他觉得很奇怪，就是我说话的声音为什么这么大？他问我是不是那个国家的国王和王后都耳朵有毛病？我跟他说，两年多来我一直这么说习惯了。

我们的航行十分顺利。1706 年 6 月 3 日，我们到达唐兹锚地，这时我脱险大约已有 9 个月了。我提出留下我那些东西作为我搭船的费用，但船长坚决表示他分文不收。我们依依惜别，我还向船长借了 5 先令，雇了一匹马和一位向导回家。一路上，我见到房屋、树木、牲口和人都小得很，感觉就像在利立浦特境内似的。

我向别人打听后才找到了自己的家。一位佣人开了门，因为我怕碰着头，所以就像鹅进窝那样弯腰走了进去。我妻子跑出来拥抱我，可我却把腰一直弯到她的膝盖以下，认为如果不这样她就怎么也够不到我的嘴。我女儿跪下来要我给她祝福，可是我两年多来已习惯于站着仰头看 60 英尺以上的高处，所以直到她站起身来，我才看见她，这时才走上前一手将她拦腰抱起。我责怪妻子太节省了，因为我发现她把自己和女儿都快饿得没有了。家人对我的举止感到不可思议，一致断定我是精神失常了。

时隔不久，我和家人及朋友就趋于正常，彼此理解了，我妻子坚决不让我再去航海了。不过我命中注定是要受苦的，她也无力阻拦我。

第十五章

> 我开始第三次航海，抵达一座小岛，被接入"勒皮他"。

我在家待了还不到 10 天，载重达 300 吨的大船"好望"号的船长康沃尔郡人威廉·罗宾逊来到了我家。

他相信我的能力，所以邀请我到他船上去当外科医生，并允诺给我的薪水比平常多一倍。

我不好拒绝他的请求，同时我要走出去看看这个世界的渴望还是和以前一样强烈。我成功地说服了我的妻子。

1706 年 8 月 5 日，我们动身出海。次年 4 月 11 日到达圣乔治要塞。因为不少水手都病了，我们只好在那里停留了三个星期。接着我们从那里开往日本的东京。但是由于船长想买的许多东西还没有买到，这需要很长时间，他就决定在东京待上一段时间。为了能够支付一部分必要的开支，他买了一艘单桅帆船，平时，东京人和邻近岛上的人做生意就坐这种船。他在船上装了一些货物，派了 14 名水手，其中 3 名是当地人。他任命我做这帆船的船长，并且授权我在两个月内自行交易。在这个时间里，他自己在东京料理一切事务。

不料航行不到 3 天，海上就起了大风暴。我们向正北偏东方向漂流了 5 天，过后又被吹到了东边。到了第 10 天，有两艘海盗船追上了我们，海盗们用结实的绳子将我们捆绑起来，留下一人看守我们，其余的都搜刮船上的财物去了。

海盗们判断出我们是英国人，就用荷兰话把我们骂了一顿。他们中有一个是荷兰人，似乎有些势力。我能说一口相当好的荷兰话，就请求他去向两位船长说说情，怜恤我们一点儿。我的话让他勃然大怒，他把那些威胁的话重复了一遍，同时转过身去对着他的同伙语气激昂地说了半天。我猜测他们说的是日本话，又听到他们时不时提到"基督徒"这个词。

一位日本船长指挥着两艘海盗船中较大的一艘。他会讲一点儿荷兰话，但说得很糟糕。他走到我跟前，问了我几个问题，我卑顺地一一做了回答。听完之后他说我们死不了的。我向船长深深地鞠了一躬，接着转过身去对那荷兰人说："我真感到遗憾，一个异教徒竟然比一个基督徒兄弟还要宽厚很多。"可是我马上就后悔自己说了这样的蠢话，这个心狠手辣的恶棍竟说服贼头以一种比死还痛苦的方式来惩罚我。我的水手被平均分作两批送上了海盗船，我们的船则另派了他们的水手。至于我，他们决定把我放到一只独木舟里在海上随波漂流，给我的东西只有桨和帆以及只够吃 4 天的食品。

我上了小船，往东南方向的几座岛屿驶去。

我在几个岛上孤零零地过了 4 天。到了第 5 天，我来到了我所能看得见的最后一座岛屿。我差不多绕岛转了一圈，才找到登陆点。那是一条小港湾，大约有我那独木舟 3 倍宽。岛上四处是岩石，只有几处点缀着一簇簇的青草和散发着香味的药草。我把我那一点点口粮拿出来，吃了一点儿，剩下的就全都藏到一个洞穴里。我在岩石上找到好多鸟蛋，又找来一些干海藻和干草，打算第二天用来点火把蛋烤熟。整个夜里我就躺在我存放食物的洞里，床铺就是我预备用来燃火的干草和干海藻。我难以入睡，真担心自己在这样的地方能不能活下去。

天亮的时候，我在岩石间走了一会儿。天气非常好，晴空万里，太阳热得烤人，我只得把脸转过去背着它。就在这时，天忽然暗了下来。我抬起头，看到在我和太阳之间有一个巨大的不透明的物体，它正朝着我所在的岛飞来。那物体看上去大约有两英里高，它把太阳遮了有六七分钟，那情形就和我站在一座山的背阴处差不多。那东西离我所在的地方越来越近，我取出袖珍望远镜，用望远镜清清楚楚地看到有不少人在那东西的边缘上上下下。边缘似乎是呈倾斜状，可是我分辨不出那些人在做什么。

看到这一奇迹，我心中充满获救的希望。不过，我也对空中出现一座住满了人的岛屿感到无比惊讶。没过多久，它离我更近了，我看得清它的边缘全是一层层的走廊，每隔一段距离就有一段可供上下的楼梯。在最下面的一层走廊上，我看到有一些人拿着长长的钓竿在那里钓鱼，其他一些人在旁边观看。我向着那岛挥动我的便帽和手帕；当它离我更加近的时候，我就拼命又喊又叫。那上面的人终于发现了我。不到半小时，那岛就朝我飞来，它朝上升使最下面的一层走廊能与我所站的高处相平，离我不到 100 码。

他们打手势让我从那岩石上下来，走到海边去。我照他们的意思做了。那飞岛上升到一个适当的高度，边缘正好就在我头顶的时候，从最下面一层的走廊里就有一根链子放了下来，链子末端拴着一个座位，我把自己在座位上系好，他们就用滑轮车把我拉了上去。

我上岛以后，就被一群人团团围住了，我们彼此用异样的眼光打量着对方，我注意到他们的头一律不是右偏，就是左歪；眼睛是一只内翻，另一只朝上直瞪天。他们的外衣上装饰着太阳、月亮和星星的图形以及许多我见过和没有见过的乐器的图形。我发现四处都有不少穿着仆人服装的人，他们手里拿着短棍，短棍的一端缚着一个吹得鼓鼓的气囊，每一个气囊里都装有少量的干豌豆或者小石子儿。他们时不时地用这些气囊拍打站在他们身边的人的嘴巴和耳朵，以此来给这些人的发音及听觉器官一些外部刺激，使他们能够说话和听话。

他们领着我沿楼梯往岛的顶部爬，然后从那儿向王宫走去。在路上，他们有好几次忘记自己是在干什么，幸亏有拍手不断把他们拍醒。不过，这里的百姓倒不像他们那样神智分散，而是心情放松。

我们进入王宫的时候，国王正坐在宝座上，高官显贵们侍立两旁。王座前有一张大桌子，上面放满了天球仪和地球仪以及各种各样的数学仪器。可国王没有注意到我们。他当时正在沉思一个问题，我们足足等了一个钟头，他才把这个问题解决。他的两边各站着一名年轻的拍手，手里都拿着拍子。他们见国王空了下来，其中的一个就轻轻地拍了拍他的嘴，另一个则拍了一下他的右耳朵。这一拍，他好像突然惊醒了过来似的，意识到他原来接到报告，要召见来宾。他说了几句话，立刻就有一个手持拍子的年轻人走到我的身边，在我的右耳朵上轻轻地拍了一下。我尽可能地对他们打手势，说明我并不需要这样一件工具。我猜想国王大概是问了我几个问题，我就用我懂得的每一种语言来回答他。后来发现我既听不懂他的话，他也听不懂我的话，国王就命令把我带到宫内的一间房间里去，同时指派两名仆人侍候我。我的晚饭送了上来，四位贵人陪我吃饭。共上了两道菜，每一道三盘。第一道菜是一块切成等边三角形的羊肩肉、一块切成长菱形的牛肉，还有一块圆形的布丁。第二道菜是两只鸭子，给捆扎成了小提琴形状，一些像长笛和双簧管的香肠和布丁，以及形状做得像竖琴一样的一块小牛胸肉。仆人们把我们的面包切成圆锥形、圆柱形、平行四边形和其他一些几何图形。

饭后，陪我的人就告退了。国王又下令给我派了一个人来，这个人也随身带着一个拍手。他带来了笔墨纸张和三四本书，打着手势让我明白，他是奉命来教我学习他们的语言的。除了日常用语之外，我的老师着重教给我的是天文、数学和音乐术语。就飞岛的原文"勒皮他"一词，我与当地学者进行了商榷，但我并不坚持己见。

奉命照管我的人见我衣衫褴褛，就吩咐一名裁缝第二天过来给我量体做衣服。这位裁缝的工作方法和欧洲同行的制衣方式截然不同。他先用四分仪量我的身高，接着再用尺子和圆规量我全身的长、宽、厚和整个轮廓，这些他都一一记到纸上。六天之后，衣服才被送来，做得很差；因为他在计算时偶然弄错了一个数字，弄得连衣服形都没有了。

等我第二次进宫时，我已经可以和国王进行简单的交谈了。国王下令，让本岛向东北偏东方向运行，停到首都拉格多上空的垂直位置上。拉格多坐落在坚实的大地上，距离出发地大约 90 里格，我们航行了四天半。这岛在空中飞行时平稳无比，我一点儿也没有感觉到。

第二天上午约 11 点钟，国王本人和随侍的贵族、朝臣以及官员预备好了他们所有的乐器，连续演奏了 3 个小时，喧闹声震得我头都晕了。后来我的老师告诉我，岛上人的耳朵已经听惯了这天上的音乐，所以每隔一段时间总要演奏一次，这时宫里的人都各司其职，准备演奏自己最拿手的乐曲。

在前往首都拉格多的途中，国王曾下令让空中岛屿在几个城镇和乡村的上空停留，以方便下面的百姓进谏。百姓们进谏的方式也很特别，侍臣们将几根包装用线粗细的绳子放了下去，绳子的末端系着个小小的重物。老百姓们把他们的请愿书系到绳子上，绳子就直接给拉上来了。

一路上，我的数学知识大大帮了我的忙，我发现他们的思想总是和线与圆联系在一起，连赞美女性或动物都习惯用此类术语。

他们的房屋造得极差，墙体倾斜，在任何房间里见不到一个直角。这是由于他们轻视实用几何学造成的。虽然他们在纸上使用起规尺、铅笔和两脚规来相当熟练灵巧，可是在平常的行动和生活的行为方面，我还没见过有什么人比他们更笨的。除了数学和音乐，他们对其他任何学科的理解力也是极其迟钝，一片茫然。他们不善于讲道理，总是粗暴地反对别人，除非别人的意见凑巧和他们的一致，不过这种情况很是难得。对于想象、幻想和发明，他们是全然无知，他们的语言中也没有任何可以用来表达这些概念的词汇。

但他们中的大多数，尤其是研究天文学的人，都对神裁占星学十分信仰，但不知为什么，他们却耻于公开承认这一点。令我觉得最不可思议的是，我发现他们对时事和政治十分关心，总爱探究公众事务，对国家大事发表自己的见解，对于一个政党的主张辩论起来是寸步不让。我认为这种性格来源于人性中一个十分普遍的病症：对于和我们最无关的事情，对于最不适合于我们的天性或者最不适于我们研究的东西，我们却偏偏更好奇。

这些人总是惶惶不安，心里一刻也得不到宁静，他们总担心天体会发生若干变化。比方说，地球有朝一日会被太阳吸收、吞没，彗星可能在某一天毁灭人类。根据他们的计算，地球以及一切受太阳照射的行星都会随着太阳光线的消耗而陨灭。这种恐惧使他们永远担惊受怕，既无法安眠，也难以享受娱乐的快乐。他们早上相遇时，一开口就要谈到太阳的健康和躲避彗星撞击的方法。他们的神情如同爱听鬼怪故事的孩子，既着迷又恐惧。

这个岛上的女性非常轻松欢快，她们瞧不起自己的丈夫，却格外喜欢陌生人。从下面大陆到岛上来的这样的生客总是很多。女人们就从这些人中间挑选自己的情人。而她们的丈夫则永远在那里凝神沉思，只要给他们提供纸和仪器，而拍手又不在身边的话，情妇情夫们就可以当着他们的面尽情调笑。

尽管我认为这岛真是个理想天堂，可这在那些妻子或女儿眼中却简直就是地狱。她们虽然生活富裕、衣着华美，却总是渴望到下方去观光，到首都去消遣。不过如果国王不答应，她们是不准下去的。获得国王的特许很不容易，因为贵族们已有不少经验，深知劝说自己的夫人从下面归来是何等困难。听说，这个王国的首相夫人就曾抛下爱她的丈夫、华美的府邸和满堂的儿女，跑到下边去了。她在那里躲了好几个月，最后国王签发了搜查令，才找到衣衫褴褛的她。原来她住在一家偏僻的饭馆里，为了养活一个年老而又丑陋的跟班，她将自己的衣服都给当了。跟班天天打她，即使这样，她被人抓回时，竟还舍不得离开那可恶的跟班呢！她丈夫仁至义尽地接她回家，丝毫没有责备她，但过了没多长时间，她竟带着她所有的珠宝又设法偷偷地跑到下面去了，还是去会她那老情人，从此一直没有下落。

大约过了一个月，我已经相当熟练地掌握了他们的语言，有机会侍奉国王时，他问的大部分问题我也都能用他们的语言回答了。国王对其他国家的法律、政府、历史、宗教或者风俗一点儿也不感兴趣，不想询问，他的问题只限于数学。虽然他两旁的拍手常常不时地提醒他，他对我的叙述却非常轻视，十分冷淡。

我终于了解了飞岛的构造，也了解了国王维持统治地位的手段。

我请求国王允许我参观一下这座岛上各种稀奇古怪的事物，他高兴地答应了，并且命令我的老师陪我前往。我终于可以巡游全岛并了解这座岛的运行规律了。飞岛，或者叫浮岛，呈正圆形，直径约有 7837 码，或者说 4.5 英里，所以面积有 10 万英亩。岛的厚度是 300 码。岛的底部又叫下表面，是一块平滑、匀称的金刚石，厚度约为 200 码。金刚石板的上面，按照常规的序列一层层地埋藏着各种矿物。最上面是一层 10～12 英尺深的松软肥沃的土壤。

上表面从边缘到中心形成一个斜坡，所有降落到这个岛上的雨露都因斜坡沿小河沟流向中心，之后全都流进 4 个周界约半英里的大塘，这些大塘距岛的中心约有 200 码。白天，因为太阳的照射，水塘里的水不断蒸发，所以不会满得溢出来。除此之外，君王有本事将岛升到云雾层以上的区域，因此他可以随意地不让雨露降落到岛上。

岛中心有一个直径约为 50 码的窟窿，天文学家由此进入一个大的圆顶洞，叫"佛兰多纳·革格诺尔"，意思是"天文学家之洞"，此洞深达 100 码，里面收藏有各种各样的六分仪、四分仪、望远镜等天文仪器。

岛上最稀奇的东西，也是全岛命运之所系，是一块形状像织布工用的梭子一样的巨大磁石。磁石长 6 码，最厚的地方至少有 3 码。中间插着一根极其坚硬的金刚石轴，依靠这轴，磁石即可转动。磁石嵌在一个 4 英尺深、4 英尺厚、直径 12 码的金刚石圆筒里。圆筒平放在那儿，底部有 8 根 6 码长的金刚石柱子支撑着。圆筒内壁的中部，是一个深 12 英寸的凹口，轴的两端就装在里面，可根据所需随时转动。任何力量都没有办法将磁石从原来的地方搬开，因为圆筒、支柱和构成岛底面的那一部分金刚石板都是一体的。

飞岛就是借助这块磁石在磁性允许的范围内，或升或降，或从一处移动到另一处。由于飞岛处在这么一个优越的位置，要一位君王让处于磁场引力范围内的任何一个国家归顺他的统治，就十分容易办到了。

这块磁石由固定的几位天文学家管理，他们按照国王的指令时时移动它的位置。他们一生中的绝大部分时间都用在观察天体上。虽然他们最大的望远镜长度不出 3 英尺，效果却比我们 100 英尺的还要好得多，各种星

用数字详细介绍了岛上最稀奇的东西——磁石。

原来，飞岛的秘密在磁石身上。

天文学家做了解释。

宿看起来更加清清楚楚。这一先进条件使他们的发现远远超过了我们欧洲的天文学家：他们曾编制过一份万座恒星表，而我们的恒星表所列不到此数的三分之一；他们发现了两颗小星星，或者叫卫星，在围绕火星转动，他们还精确测量出了它们的空间距离；他们还观察到了93 颗不同的彗星，并非常精确地确定了它们的周期。

天文在这个国家拥有如此高的地位，也使我们理解了飞岛居民对天体变化惶恐不安的原因了。

国王要是能说服他的内阁同他合作，他就可以成为宇宙间最专制的国王。可那些内阁们在下面的大陆上都各有自己的产业，再想想宠臣的地位又非常不稳定，所以他们从来都不肯跟国王一起奴役自己的国家。

利益的制衡在一定程度上遏制了专制。

一旦哪座城市发生叛乱，国王就有两种手段使他们屈从。第一种手段比较温和，就是让飞岛浮翔在这座城市及其周围土地的上空，使人们享受阳光和雨水的权利被剥夺，当地居民就会因此而遭受饥荒和疾病的侵袭。如果罪大至极，岛上还同时可以往下扔石头，把他们的房屋砸得粉碎，他们无力自卫，只好爬进地窖或洞穴去藏身。倘若他们顽固不化，甚至还想谋反，国王就要拿出他的第二种办法了：让飞岛直接落到他们的头上，将人和房屋一起统统毁灭。不过不到万不得已国王是不会施行这种残暴的手段的，再说万一他想毁灭的城市中有什么高高耸立的岩塔或石柱，那么，飞岛的下表面就会被碰坏，整个飞岛就无法升起了。

国王仍有不少驯民的手段。

国王不会恣意专制的最重要的原因是，这样的行为会损害他自己的利益。

三年前，这里曾发生过一起非常事件，几乎让这个王朝覆灭。当时，国王陛下首先巡视的是王国的第二大城林达洛因。他离开三天以后，一向抱怨其高压政策的当地居民就关起城门，把总督抓了起来，同时以惊人的速度和力量，在城的四角建起了四座巨塔，高度都和矗立在城中心的那座坚固的尖顶岩石相等。在每座塔以及那岩石的顶端，都安装了一块大磁石。他们还预备了大量最易燃的燃料，为的是一旦磁石计划失败，能用它们来烧裂飞岛的金刚石板底。

8个月后国王才得知林达洛因反叛的消息。于是他下令让岛飘浮到这个城市的上空去。国王在他们的上空停留了几天，不让他们享受阳光和雨水，但无济于事。当地人民团结一致，已经储备好了粮食以供自给，城市的中心还有一条大河穿过。国王又命令士兵把许多绳子放下岛去，但下边没有一个人肯送上请愿书，相反他们提出了赔偿损失、豁免捐税、自行选举总督等大胆而过分的要求。国王因此命令岛上全体居民从最底层走廊上往城中抛掷巨石，但居民们对此毒计早有所防范，他们连人带财物一起躲进了那四座巨塔以及其他坚固的建筑物和地窖。

国王决心降服这些骄傲的人。他命令飞岛向离巨塔和岩石不到40码的空中慢慢降落。但是负责这项工作的官员发现，飞岛下降的速度比平时快了许多，就是转动磁石也很难使它稳定下来，岛像是要直往下掉似的。他们立即把这件惊人的事报告了国王，请求陛下准许把岛往上升高一点儿。国王同意了，他召集会议，并命令负责磁石的官员参加。其中有一位经验最丰富的官员获得国王的准许，用一些和岛底成分一样的金刚石做了一个实验。结果表明，受下方塔顶和岩石顶的吸引，大小金刚石都表现出一种下落的倾向。这件事导致国王的计划全部破产，最后他不得不接受这座城市的条件。

事后，有位大臣透露，如果飞岛降得离城市再近些，居民们就会将它永远固定住，并一拥而上，杀死国王。

这个国家还有一项基本法律，国王和他的长子、次子都不允许离开飞岛；王后也不准离开，除非她已经过了生育的年龄。

影射英国内阁之事。

┃情境赏析┃

本章描写了飞岛现象的原因，以及国王为维护其强权统治镇压叛乱的经过。飞岛游记的讽刺主题显而易见，就是英国对爱尔兰的统治和剥削。斯威特是爱尔兰人，他自然希望自己的民族获得自由和独立。

本章道出了飞岛的本质——一个有效的殖民工具。

作者在这里用了影射的方法，"耸立的岩石""高大的塔尖""石柱"分别影射与被治地区有利益关系的贵族、持反对意见的英国国教教士、反抗英国剥削与压迫的"布衣名士"。就是在这些反对势力的努力下，加上人民的不懈斗争，冲突最后以英国政府的妥协而告终。

▌名家点评▐

　　格列佛不过是表达斯威夫特思想的一个方便的工具而已。

——杨耀民

第十七章

我终于离开了稀奇古怪的勒皮他国，来到了另外一个国家。

在这座岛上我虽没有受到虐待，可我必须承认，他们太不把我当回事了，多少有几分轻蔑。另外，看过了这岛上所有稀奇古怪的东西之后，我也认为我该离开了，因为我从心眼儿里厌倦这些人。的确，他们在那两门学问上是很了不起，可他们未免太专心于此了，一味地冥思苦想，我还从来没有碰到过这么乏味的人。我住在那里的两个月中，只和女人、商人、拍手和宫仆们交谈，我真是烦透了。

冥(míng)思苦想：深沉地思索。

宫里有一位大贵族，是国王的近亲，不过，他被公认为最无知、最愚蠢的人。他为国王立过不少功劳，但对音乐和数学却一窍不通。他的教师就是费尽力气也教不会他怎样来证明数学上最简单的定理。他常来看我，而且很注意听我讲话，对我所讲的一切，他都能发表独到的见解，而且他一般不用拍手。我请他代我向国王求情，准许我离开这里。

2月16日，我带着国王和飞岛贵族朋友送给我的礼物以及我的贵族朋友的一封推荐信离开了勒皮他。当时，飞岛正停在离拉格多约两英里的一座山的上空，我从最底下一层走廊上被放了下去，用的还是上来时一样的方法。

踏上拉格多坚实的土地后，我快活不已。因为我穿的衣服和本地人一样，学会的话也足以同他们交谈。我很快就找到了我被介绍去的那人的房子，呈上他飞岛上那位贵族朋友的信，受到他的盛情款待。这位大贵人叫孟诺迪，他在自己家里给我预备了一间房子，我在这地方停留期间就一直住在那里。

到达后的第二天，我就在孟诺迪的带领下参观了这座城市。这城市约有伦敦一半大小，可是房子建得很奇特，大多年久失修，街上的人步履匆匆，大多衣衫褴褛，样子狂野，双眼凝滞。我们来到乡下，看到不少人拿着各式各样的工具在地里劳作，却猜不出他们是在干什么。虽然土壤看上去极其肥美，但让人意外的是我却看不到上面有一点儿庄稼或草木的苗头。我对这些城乡奇景感到不解，便冒昧地请我的向导为我解释。

孟诺迪为人善良，但见识浅薄。对于我的问题，他没有正面回答，只是说，我来到他们中间的日子还不长，下结论为时尚早，不同的民族有不同的风俗。后来，他请我到他20英里外的乡间别墅去，这样我们就可以有更多的时间来交流了。我欣然同意了他的安排，第

褴褛(lánlǚ)：形容衣服破烂。

冒昧(mèi)：形容言行不顾地位、能力、场合是否适宜。

二天早上我们就出发了。

　　走了3小时后，景色完全变了。我们走进了美丽无比的一片田野：农舍彼此离得很近，修建得十分整齐；田地被围在中间，里边有葡萄园、麦田和草地。我从没见过这么让人赏心悦目的景象。那位贵族见我脸上有了喜悦的光彩后，就叹息着对我说，这些是他的产业，一直到他的住宅都是这样子。但他说，因为他的这些同胞都嘲笑他，说他自己的事料理得都不行，哪还能给王国树立好榜样。

　　我们终于到了孟诺迪的家，这是一座高贵的建筑，合乎最优秀的古代建筑的典范。喷泉、花园、小径、大路、树丛都安排得极有品位。我对每一样东西都恰当地赞赏一番，可他却毫无反应。直到晚餐之后，他才忧郁地告诉我：他正在考虑将城里和乡下的房子都按照流行的样式加以重建，免得再招人责难并惹国王不高兴。他还说，等他把具体的一些事告诉我之后，我也许就不会那么惊奇了。

　　他告诉我：大约在40年前，有人到勒皮他岛上住了5个月，在那里不过学了一点儿数学皮毛，却带回了那飞岛上十足的轻浮之风。这些人一回来，就开始厌倦地上的东西，开始重新设计艺术、科学、语言、技术。为此，他们努力取得了国王的特许，在拉格多及其他城市建立了一些设计家科学院。在这些学院里，教授们设计出新的农业与建筑的规范和方法，发明出新型的工具和

赏心悦目：指因欣赏美好的情景而心情舒畅。

轻浮：形容言语举动随便，不严肃，不庄重。

仪器。他们认为，通过这些新的方法或工具，一人就能担任 10 个人的工作，一周可建一座宫殿，而且因为建筑材料坚固无比，所以永远不用修理。还有，地上的一切果实都可以在选定的日期成熟，而且产量要比现在多 100 倍，诸如此类的提议太多了。但糟糕的是，他们所有这些计划到现在一项都没有完成，全国上下一片废墟，农田荒芜，房屋颓败，百姓缺衣少食，景象十分悲惨。但这些教授不仅不反思自己的行为，反而变本加厉地要去实施他们的那些计划。而孟诺迪因为没有什么进取心，也就满足于老式的生活方式，住在先辈们建造的房子里，模仿祖辈的生活方式，没有什么革新。还有少数一些贵族和绅士也都像他这么做，却遭到人们的冷眼和讽刺，被认为是艺术的敌人，是国人中最无知的败类。

变本加厉：变得比原来更加严重。

　　这位贵人劝我去参观一下大科学院，说我肯定会感兴趣的。他还带我去看大约 3 英里外山坡上的一所破烂不堪的房子，并对此做了这样的说明：从前，在离他的房子不到半英里的地方有一座十分便利的水磨，它是靠一条大河里的水转动的，完全可以自给，并能帮助他的佃户。可是大约 7 年前，来了一伙这样的设计家，向他建议说，把这水磨毁了，在那座山的山坡上重建一个，他不得不雇了 100 人，花了两年工夫来做这件事，结果却失败了。考虑到自己在科学院名声不好，贵人老爷介

佃(diàn)户：租种某地主土地的农民称为某地主的佃户。

绍了他的一个朋友陪我前往。

这所科学院不是一整座独立的建筑物，而是一条街道两旁连在一起的几所房子，因为年久失修，才买下来给科学院使用。科学院院长很客气地接待了我，我就在科学院里待了一段时间。我参观了 500 多个房间，每一个房间里都至少有一位设计家。

我见到的第一个人样子枯瘦，双手和脸黑得就像刚刚被烟熏过一样，头发、胡子一样长，衣衫褴褛，有几处都被火烤糊了，他的外衣、衬衫和皮肤全是一种颜色。8 年来他一直在从事一项设计，想从黄瓜里提取阳光，装到密封的小玻璃瓶里，遇到阴雨湿冷的夏天，就可以放出来让空气温暖。他告诉我，他相信再有 8 年，他就可以合理的价格向总督的花园提供阳光了。不过他又抱怨说原料不足，问我能否给他捐点儿什么，也算是对他尖端设计的鼓励吧，特别是现在这个季节，黄瓜价格那么贵。我就送了他一份小小的礼物，幸亏我那位贵族老爷特意给我准备了钱，因为他深知这些设计家惯于向来参观的人要钱。

接着，我走进了另一间屋子，一进门，我差点儿被一种臭气熏倒，急着就要退出来。我的向导却硬要我往前走，悄悄提醒我不要得罪他们，要不他们会对我恨之入骨。这间屋里的设计家是科学院里资历最高的学者，他的脸和胡子呈淡黄色；手上、衣服上布满了污秽。自

描绘了一个相貌奇特的科学家。他举止乖戾、做法让人惊愕。

"从黄瓜里提取阳光"是多么反自然的一种行为！

以下介绍了各种各样的"奇人奇事"。

从他到科学院工作以来，就是研究怎样把人的粪便还原为食物。他的方法是把粪便分成几个部分，去除从胆汁里来的颜色，让臭气蒸发，再把浮着的唾液除去。

我看到有一位在做将冰煅烧成火药的工作。他还给我看了他撰写的一篇关于火的可锻性的论文，他打算发表这篇论文。

"巧妙"实际上是反语。

还有一位最巧妙的建筑师，他发明了一种建造房屋的新方法，即先从屋顶造起，自上而下一路盖到地基。他为自己的这种方法辩解说，蜜蜂和蜘蛛这两种最精明的昆虫就是这么做的。

还有一名瞎子，他和几名徒弟的工作是为画家调颜色，先生教他们靠触觉和嗅觉来区分不同的颜色。真是不幸，那一阵子我见他们的功课学得很不到家，就是教授自己也往往弄错。不过这位艺术家在全体研究人员中极受鼓励和推崇。

多么荒谬的设想！

在另一个房间里，我饶有兴致地看到有位设计家发明了一种用猪来耕地的方法。那方法不用犁和牲口，只需在一亩地里，每隔6英寸就埋一些橡子、枣子、栗子或这种动物最爱吃的其他山毛榉果及蔬菜，然后把600头以上的猪赶到地里去，猪为了觅食，几天工夫就可以把所有的土翻遍，这样不仅适于下种，猪的大便也正好给土施肥。

我走进了另一个房间，那里到处都挂满了蜘蛛网，仅有一条狭窄过道供人进出。我刚一进门，就听见有人大声叫喊着让我不要碰坏他的蜘蛛网。他家养的昆虫既能吐丝又能结网，据说比蚕丝强，他还用色彩艳丽的飞虫来喂蜘蛛，这样蜘蛛就可以吐出色彩艳丽的丝。另外，只要他能给飞虫找到适当的食物，如树脂、油或者其他什么黏性的物质，他就能够使蜘蛛纺出来的丝线牢固而坚韧。

还有一位天文学家，他承担了一项设计，要在市政厅房顶的大风标上安装一架日晷，通过调整地球与太阳在一年中和一天中的运转，使它们能和风向的意外转变正好一致。

有一位"万能的学者"30年来一直在研究怎样才能改善人类的生活。他有两间大屋子，里边放的全是些奇奇怪怪的东西，有50个人在那里工作。有些人正在从空气中提取硝酸钠，同时滤掉其中的液体分子，以此来将空气凝结成干燥而可触摸的物质。有些人正在研究把大理石软化做枕头和毛毡。还有些人正在把一匹活马的马蹄弄僵，这样马奔跑起来就不会跌折了。这位学者本人此时正忙于两个伟大的计划，第一个是用谷壳来播种；第二个是在两头小羊的身上涂上一种树脂、矿石和蔬菜的混合物，不让羊长毛。他希望经过一段时间之后，能繁殖出一种无毛羊推广到全国各地。

"万能""伟大"都是反语，意在讽刺他们毫无结果的实验。

我进入空想沉思型学者的地盘时，这位教授正和他的40名学生在这里工作。他正在研究如何利用实际的、机械的方法来改善人的思辨知识，并为这样一个高贵而卓越的计划深感自豪。屋子的中间放了一个 20 英尺见方的架子，他的学生们站在架子的四周，架子的表面是由许多木块构成的。木块上贴着纸，上面写满了他们语言中的词汇。只要学生们拉动架子的把手，文字格局就会变化，将这样出现的句子记录下来再拼凑起来，就可以编写一部科学文化全书了。我很感激他为我做的详细说明，请求他让我把这架机器的式样和构造在纸上画下来，以便日后回国后好替他宣传。

接着我们来到了语言学校。三位教授正坐在那儿讨论如何改进本国的语言。一项计划是只保留名词以简化言辞；另一项计划则是取消所有词汇，使人们在交谈时把表达意见所需的实物带在身边即可。尽管这项伟大的计划遭到女人、俗人和文盲的反对，但那些饱学之士仍坚持这项新计划。他们把交谈所需的东西背在身上，用时就取下来，不用时再背起来。这样做的另一个好处就是，外交人员也无须学习外语了。

我还到了数学学校，那里的先生将命题和证明都用头皮一样颜色的墨水清清楚楚地写在一块薄而脆的饼干上。再让学生把这饼干空腹吞食下去，三天内，除面包和水之外什么都不准吃。饼干消化之后，那颜色就会带着命题走进脑子。由于墨水的成分有误，再加上这些小孩子也不怎么配合，所以这项实验还没有取得成效。

▌情境赏析▐

这一章，通过参观拉格多大科学院，作者向我们展现出各种各样的设计家，他们的学术令人"大开眼界"。他们的想象力简直让人"叹为观止"，这分明是一个个违背人类理性的反自然实验。由此，我们可以看出，斯威夫特对拉格多大科学院这种直接的、毫不掩饰的讽刺。其实拉格多大科学院影射的是英国皇家科学院。斯威夫特对不切实际的脱离生产的所谓科学研究很反感，所以予以无情的调侃和挖苦。

▌名家点评▐

乔纳森·斯威夫特是面对全欧洲的，可是欧洲的资产阶级却认为他的讽刺只是针对着英国。

——（苏）高尔基

第十八章

我提出几项改进的意见，都荣幸地被采纳了。

在政治设计家学院，我受到了冷落。学院中那些郁郁寡欢的人正忙于提出他们的的构想：想劝说君主根据智慧、才能和德行来选择宠臣；想教大臣们学会考虑公众的利益；想对建立功勋、才能出众、贡献杰出的人做出奖励；想指导君王们把自己真正的利益同人民的利益放在同一基础上加以认识；想选拔有资格能胜任的人到相关岗位工作；还有许许多多其他一些狂妄而无法实现的怪念头，都是人们以前从来没有想过的。

当然，他们并非完全都是幻想。有一位头脑极聪明的医生非常善于应用自己的学识，来治疗公共行政机关常犯的腐化堕落等通病。这些弊病一方面是由于执政者的罪恶或者过失所致，另一方面也因为统治者太纵容。例如，大家都认为，人体和政体具有相似性，而参议员和大枢密院的官员们常常犯的毛病就是说话啰唆冗长、感情冲动等。所以，这位医生建议，应该让大夫列席参议院的会议，以随时对上述弊病加以诊治。这项计划开支不大，但对于提高工作效率却大有裨益。另外，鉴于大家埋怨宠臣的记性很坏，医生建议，任何人在谒见首相大臣并简明扼要地报告完公事后，要在离开前采取下列行动之一：拧一下这位大臣的鼻子，或踢一下他的肚子，或踩一下他脚上的鸡眼，或把他的耳朵扯三下，或把一根针扎进他的臀部，或用力拧他的手臂。每次在这位大臣上朝之际，都需如此行动，一直到他办好或干脆拒绝办理某事为止。

他还指出，每一位出席国民议会的参议员，在发表完自己的意见并为之辩护之后，表决时必须投与自己意见完全相反的票，因为如果这样做了，结果肯定对公众有利。

如果一个国家里党派纷争激烈，他又提出了一条可以让彼此和解的奇妙办法：从每个党派中各挑出100名头面人物，把头颅差不多大小的，两党各一人，配对成双，再请两位技艺精良的外科医生同时将每一对头面人物的枕骨部分锯下，锯时要注意脑子必须左右分匀。而锯下的枕骨部分互相交换一下，分别安装到反对党人的头上。教授保证说，只要手术做得精巧利落，其疗效是绝对可靠的。他认为：两个半个脑袋现在放到一人脑壳里去争辩事情，很快就会达成一致意见的，这样彼此就会心平气和、有条有理地来思考问题。

我还听到两位教授在争论使百姓免受痛苦的筹款方法：一位教授认为应该对罪恶和丑行征税；另一位则主张应该对那些体力和智力过人者征税。后者强调，对受异性宠爱的男性应该征收最高额度的税款，对聪明、勇敢和礼貌也应该征收重税。至于名誉、正直、智慧和学问，则无须征税了，因为没有人会对这样的才能感到自豪。他主张女性要为她们的美丽姿容和化妆技术纳税，但却无须因贞节、明理和温顺而纳税。

　　为了使参议员一直能为王室的利益服务，他建议议员们以抽签的方式获得职位。抽签之前，他们必须宣誓保证自己不管抽中与否都要投票赞成朝廷；没有中签的还可以参加下一次抽签活动，这样他们就只好把失败归之于命运，因为命运的肩膀要比内阁的肩膀宽阔壮实，更能承受重担。

　　另一位教授拿了一大本关于如何侦破反政府阴谋诡计的文件给我看。他建议大政治家们要对一切可疑人物进行检查，看他们什么时间吃饭，睡觉时脸朝哪边，擦屁股用的是哪一只手，要严格检查他们的粪便，从粪便的颜色、气味、味道、浓度以及消化的程度，来判断他们的思想和计划。因为人在入厕时思考最严肃、最周密而集中，这是他经过无数次实验才发现的：如果一个人利用这个时候来考虑怎样才是暗杀国王最好的办法，粪便就会呈绿色；如果他盘算的只是搞一次叛乱或者焚烧京城，粪便的颜色就又会有变化。这篇论文写得十分犀利，其中不少见解对政治家来说是既有趣又有用，不过我觉得有些地方还不够完善。这一点我冒昧地对作者说了，并说要是他愿意，我可以再给他提供一点儿补充意见。他很高兴地接受了我的建议。

　　我告诉他，我曾在特列不尼亚王国逗留了一段时间。那里的人大部分是由侦探、见证人、告密者、指控者、检举人、证人、咒骂者以及他们的一些爪牙组成的。他们全都受正副大臣们的庇护、指使和资助。他们首先控告嫌疑人图谋不轨，接着查获其书信和文件，然后将其囚禁。在破译这些文件时，他们除了一般性搜集嫌疑人的影射之辞外，还有两种更为有效的侦破办法。第一种叫"离合法"，也就是从所有词的起始字母解释出它们的政治意义。如，N 指"阴谋"，B 指

"一队骑兵"，L指"海上舰队"。第二种叫"字谜法"，即把可疑文件上的字母变换拼写顺序，从中发现反对党最诡秘的阴谋。比如，如果信中有句"我们的汤姆哥最近患了痔疮"，那么本领高超的译解家通过对字母的分析，就会得出下面这样一句话："阴谋已经成熟。反抗吧！"

对我提供的这些宝贵意见，教授非常感激，他痛快地答应在论文中会提及我的名字以示敬意。

第十九章

离开拉格多，我来到了格勒大锥。受到当地
行政长官的接待，经历了许多离奇的事。

我离开了拉格多科学院，辞别那位高贵的朋友，决定乘船经由拉格奈格回欧洲去。一路上我没有碰到什么值得一提的故事或奇遇。到达马尔多纳达港口时，却发现港内没有要去拉格奈格的船，并且再过些时日也不见得会有。

在马尔多纳达港口不久我就结识了一些朋友，受到了他们的盛情款待。其中一位知名的先生建议我说："既然一个月内都不会有船去拉格奈格，不如去西南方距此约五里路的格勒大锥小岛一游。"他主动提出他和另外一位朋友可以陪我前往，并且可以提供一艘轻便的三桅小帆船。

"格勒大锥"一词，据我的理解应译作"巫人岛"。它面积不大，物产丰富。岛上的居民全是巫人，由部落首领管辖。他们只和本部落的人通婚，同辈中年龄最长的继任岛主或长官。岛主拥有一座富丽堂皇的宫殿，还有一座面积大约 3000 英亩的花园，周围是 200 英尺高的石头围墙。花园内又圈出几处空地，分别用于放牧、种庄稼和搞园艺。

侍候长官及其家属的是一些不同寻常的仆人。长官精通魔法，有能耐随意召唤任何鬼魂，并使唤他们 24 个小时，但过了规定时间他的法术就不灵了。

我们到这岛上的时候大约是上午 11 点。陪我前来的其中一位先生去拜见了长官，请求接见我这位特地前来拜访他的陌生人。长官马上就答应了这个请求，于是我们三个就一起进了宫门。宫门两旁分别站着一排面目狰狞的卫士，他们的武器和服装都很特别。

我们走过几间内殿，一路上两边也都站着同前面一样的卫士，这样一直来到大殿上。我们先深深地鞠了三个躬，他又问了几个普通的问题，然后就让我们坐到他宝座下最低一层台阶旁的三个凳子上。他懂得巴尔尼巴比的话，尽管那和他这座岛上的话不同。

长官要我给他介绍一下我旅行的一些情况。为了向我表明他并不拘礼，他手指一动就让所有随从全都退了下去。我见此大吃一惊，因为转眼之间，感觉像做梦一样，一时不能恢复常态。长官叫我放心，保证不会伤害我。我见我那两个同伴若无其事，这才放下心来，胆子也大了许多，简短地向他说了一下我几次历险的经过。我有幸与长官一起进餐，一帮新鬼送上肉来，并侍候在一旁。我渐渐不像刚开始那样害怕了。太阳落山的时候，我婉言拒绝了长官要我住在宫中的邀请，和我的朋友在附近镇上的一户人家里住了下来。

就这样我们在岛上住了 10 天，每天大部分时间同长官在一起，晚上才回到住处。不久我就习惯了鬼神的存在，好奇心战胜了恐惧。长官叫我随意召唤我想见到的任何一个鬼魂，所有的鬼魂他都可以召得来，并且这鬼魂们能回答我的任何问题。

我向长官表示感谢，于是我们一起进了一间内殿，从这里可以清楚地看到花园里的情景。

　　我希望首先看到阿尔贝拉战役后统率大军的亚历山大大帝。长官随即手指一动，我们站着的窗户底下即刻就出现了一个大战场，亚历山大应召进殿来。他以自己的名誉向我担保，说他不是被毒死的，而是饮酒过度发高烧死的。

　　接着我又见到了正在翻越阿尔卑斯山的汉尼拔。他对我说，他的军营里一滴醋都没有了。

　　我又看到恺撒和庞贝统率着各自的大军，正准备交战。我看到了在最后一次巨大胜利中的恺撒。我要求看一看罗马元老们在一间大厅里开会的情形，同时作为对照，也想看一看现代的下议院在另一间大厅里开会是个什么样子。结果前者看起来像是英雄和半神半人在聚会，后者却像是一伙吵闹的小贩、扒手、拦路强盗和恶霸。

　　在我的请求下，长官做了一个手势让恺撒和布鲁脱斯一起向我们走来。我一见到布鲁脱斯，不觉肃然起敬，从他脸上，我可以很容易地看到他至高无上的品德、坚定而大无畏的胸怀、最真诚的爱国心以及对人类的热爱。

　　我非常高兴看到这两个人能够互相理解。恺撒还坦率地向我承认：就是他一生最伟大的功绩，也远远赶不上布鲁脱斯。我很荣幸地和布鲁脱斯谈了很长时间的话。

　　我还召见了很多历史上著名人物的灵魂，但我看的最多的还是那些反抗暴君和篡位的人，以及那些为被压迫民族争取自由的人。我心中那种痛快淋漓之感，实在无法表达出来。

第二十章

> 我特意安排了一天时间，与古代那些著名的
> 圣贤达人见面。

我很想见一见古代那些最著名的圣贤和学者。为此我特地安排了一天时间。我请求叫荷马和亚里士多德领着所有评注过他们的著作的人出现在我们眼前。

有几百人在院子和几间外殿里侍候。我一眼就认出了两位英雄。一位是荷马，他长得高大俊美，跟他这么大年纪的人相比，走起路来身子算是挺得很直的了。他的双眼是我见过的所有人当中最活泼而锐利的。另一位是亚里士多德，他弯着腰，拄着一根拐杖。他面容清瘦，头发又稀又长，嗓音低沉。我很快就发现两人并不认识其余的人。当我把后世评注这两位诗人的精神的学者介绍给他们时，荷马很快发现那些学者对于了解一位诗人的精神缺乏天赋，而亚里士多德则为他的研究者竟然是些傻瓜而大动肝火。

在我的朋友离开的三天内，我又会见了一些已故的近代名人。他们都是两三百年来我们欧洲各国显赫一时的大人物。出人意料的是，我在某些皇族世系中竟然发现了大提琴师、理发匠、朝臣、教长和主教。至于那些公爵、侯爵、伯爵、子爵之流，我就顾不得那么多了。

应该承认，我确实能从他们的祖先身上找出一些名门望族的某些特征。但我怎么也不明白，残暴、欺诈和怯懦怎么会成了一些家族的特征，而这些特点竟跟他们的盾牌纹章同样出名。所以，在这些贵族世系中，看到小厮、仆人、侍者、车夫、赌徒、琴师、戏子、军人和扒手等各色人等，也就不足为怪了。

最令我作呕的是现代历史。我仔细观察了一下一百年来君王宫廷里所有的大人物，发现世界让一帮娼妓一样的作家骗了：他们说懦夫立下了最伟大的战功，傻瓜提出了最聪明的建议，阿谀逢迎的人最真诚，出卖祖国的人具有古罗马人的美德，不信神的人最虔诚，告密者说的都是真话，无辜的好人被处死或者流放，恶棍爬上高位作威作福，军国大事与娼妓、小丑的行为无异，伟大的事业和革命行动源自可耻的意外事件。

在这里我还发现，那些写什么逸闻秘史的人是多么诡诈而无知：许多国王都被他们用一杯毒药送进了坟墓；君王和首相极为机密的谈话也会被他们记录下来；他们还公开了驻外使节和国务大臣的思想；不幸的是他们总是犯错误。

我还发现了许多震惊世界的大事背后的秘密：一名妓女怎么把持着后门的楼梯，后门的楼梯连着枢密院，枢密院又操纵着上议院；一位将军当面向我忏悔，他打的一次胜仗纯粹是由于他的怯懦和指挥无方；一位海军大将说，因为没有正确的情报，他本打算率舰队投敌，不知为何却打败了敌人；三位国王对我明言，他们在位期间，从来就没有提拔过一个有功之人，除非是一时弄错，或者中了某个亲信大臣的诡计。他们提出了充足的理由来证明：不腐化王位就保不住，因为道德灌输给人的那种积极、自信和刚强的性格，对办理公务永远都是一种阻碍。

出于好奇，我问他们这么多人获取高官贵爵和巨大产业，到底用的是什么手段？我的提问只限于近代，不触及当代，因为我得保证做到，即使是外国人也不能得罪。大量有关的人物都被召唤来了，他们无耻地供认，伪证、欺压、唆使、欺诈、拉皮条等等是他们惯用的手段。更无耻的是，有的是背叛祖国或者君王，有的是给人下毒药，更有人为了消灭无辜而滥用法律。

我想见见那些建立了一些功勋的人物。一打听我才知道，他们的名字都没有被记载下来，仅有的几段历史却又都把他们写成了最卑鄙无耻的恶棍和卖国贼。另外一些人的名字我压根儿就没有听说过。这些人看上去全都神情沮丧，贫困潦倒；大多数都跟我说，他们最后都因穷困潦倒而死，有的甚至上了断头台或者绞刑架。

总之，每个被召见的人，出现时的样子和他活在世上的时候完全一样。我从这些人身上看到了人类退化的轨迹。祖宗所有的一切纯朴本色的美德，都被他们的子孙为了几个钱给卖光了。他们的子孙后代出卖选票，操纵选举，只有在宫廷才能学得到的罪恶和腐化行为，每一样他们都沾染了。

第二十一章

我回到马尔多纳达，航行至拉格奈格王国，竟然被抓住押解到朝廷。我被接见的情形非常令人惊讶。

该离开了，我向格勒大锥的长官阁下辞别，与我的那两位同伴一同回到了马尔多纳达。我在那里等了两个星期，终于有一艘船要开往拉格奈格去了。这次航行足足有一个月。1709年4月21日，我们驶进了克兰梅格尼格河。

这是一座港口城市，位于拉格奈格的东南角。我们在离城不到一里格的地方抛锚，发出信号请求派一名引水员来。过了不到半个小时，两名引水员就来到了船上。航道十分危险，他们领着我们穿过部分暗礁与岩石，最后才进入一个开阔的内湾。这里一支舰队都可以在离城墙不到一里的地方安全停泊。

由于两位引水员说我是个异乡人，还是个大旅行家，结果我一上岸就受到了十分严格的检查。我简要地向检察官员说了我的一些情况，尽量地把事情讲得可信并且前后一致。不过我觉得有必要隐瞒我的国籍，就自称是荷兰人，因为我的计划是到日本去，而我知道欧洲人中只有荷兰人才被准许进入这个国家。于是我就对海关官员说，我的船在巴尔尼巴比海岸触礁沉没了，我被遗弃在了一块礁石上，后来被接上了勒皮他，也叫飞岛，现在正想办法去日本，也许到那里才可以找到回国的机会。那官员表示，在接到朝廷命令之前，必须先把我拘禁起来。拘禁期间，我可以在一个大花园里自由活动，我在这里受到的待遇还算人道。我雇了和我同船来的一位青年担任我的翻译，通过他，我可以跟一些人进行交谈。

朝廷的文件如期到达。那是一张传票，要求由 10 名骑兵护送我去见国王。一位信使提前半天出发了，他提前去奏请国王，希望国王能允许我"舔他脚凳子跟前的尘土"。这是这个国家朝廷的规矩，也是一种特殊的恩典，只有最高级的官员才有资格得到。不仅这样，要是被召见的人碰巧有几个有权有势的仇敌在朝，有时地板上还会多撒些尘土。我就看到过一位大臣满嘴尘土，等他爬到御座前时已经说不出话来了。但没有任何办法，因为那些被召见的人如果当着国王陛下的面吐痰或抹嘴都要被处死。

另外这儿还有一种让人难以接受的风俗：如果国王想用一种温和宽大的方法来处死一位贵族，他就下令在地板上撒上一种褐色的毒粉，只要贵族一舔到嘴里，24 小时后保准毒发身亡。不过，这位君王还是非常仁慈的，对臣子相当爱护。每次行刑后，他都严令叫人将地板上有毒粉的地方洗刷干净，以免其他人误食毒药。我曾亲耳听他下令要把他的一个侍从鞭打一顿，因为有一次执行完刑法，侍从没有叫人洗刷地板而致使一名年轻有为的贵族丧命。

闲话少说，当我按规矩爬到离御座不到 4 码的地方时，就慢慢地抬起身来，双膝跪着，在地上磕了七个响头，接着按照前一天晚上他们教我的样子说："祝天皇陛下的寿命比太阳还要长十一个半月！"国王听后回答了一句什么，虽然我听不懂，可还是照别人教我的话答他道："我的舌头在我朋友的嘴里。"意思是说希望国王能允许我将我的翻译叫来。于是，前面已经提到的那位青年就被带了进来。

　　国王很喜欢和我在一起谈话，就吩咐他的内侍长在宫中给我和我的翻译安排一处住所，每天提供我们饮食，另外还给了一大袋金子供我们日常使用。他对我恩宠有加，并几次要我就任高贵的官职，可我觉得我余年还是同妻子家人在一块儿度过要更稳当慎重一些。

第二十二章

『长生不老的人』

在拉格奈格我受到格外的重视，并在这里见识到"长生不老的人"。

拉格奈格是一个既讲礼貌又十分慷慨的民族。对于异乡人特别是受到朝廷重视的异乡人，他们更为客气。我结识了不少高官显贵，我的翻译又一直陪在我身边，所以我们的谈话倒还挺愉快。

一天，有一位贵族问我有没有见过他们的"斯特鲁德布鲁格"，意思是"长生不老的人"。我说没有。他告诉我，这种人额头上有一个标志着"长生不老"的红色圆点。他说，随着年龄的增长，这圆点就会变大、变色，而等到它变成一个煤黑色的一先令银币大小的圆点时，就不会再变了。这种人全国只有 1100 位，不过他们所生的后代却不一定长生不老。

哦，这是多么幸福的民族啊！这些神奇的"斯特鲁德布鲁格"不会因为害怕死亡的威胁而心情沉重！

这位贵族继而问我，如果我是一个"斯特鲁德布鲁格"，究竟会怎样安排自己的生活。我回答说，如果我生来长生不老，我首先就要勤俭节约、刻苦经营，努力发财致富；其次，我要从小就从事艺术和科学研究，力争做一个最有学问的人；最后我还要详细记录每件公众大事，刻画历代君主形象，并记录人类各种活动。这样，我一定会成为一个知识的宝库、民族的先知。在 60 岁之后，我将不再结婚。我会用道德来培育青年的心灵，并且和我选定的少数长生不老的人做忠实朋友。我们要时时警告人类，随时反对腐化，这样，我们或许可以阻止人性退化。目睹自然界和人类社会的沧海桑田，看到文明的进步和永恒的光辉，该是多么令人高兴的事情！

长生不老的自然欲望使我滔滔不绝地说了许多。他们听了我这番话的翻译之后，却大笑起来。正在我迷惑不解的时候，贵族解释说，"斯特鲁德布鲁格"这一人种是他们国家所特有的。在拉格奈格岛上，生的欲望根本就不那么急切，因为人们的眼前时时有"斯特鲁德布鲁格"作为警戒。那些"斯特鲁德布鲁格"一般在 30 岁以前和常人一样，但此后他们就日渐忧郁和沮丧，而到 80 岁时，他们就会因为自己永远不死而深感恐怖，嫉妒和妄想成为他们的主要情感。他们嫉妒年轻人的荒唐和老年人的死亡，除了中青年时期的一些经验和知识外，他们什么都记不真切了。他们中间最幸福的人是那些年老昏聩、丧失记忆的人，因为他们比较能够受人怜悯。而当他们年满 80 岁时，法律就认定他们已经死亡。到 90 岁时，他们不但身体机能衰退，而且智力也急剧下降。这个时代的"斯特鲁德布鲁格"已经无法听懂下一个时代的语言。活到 200 岁之后，他们再也不能和凡人交谈。他们虽住在本国，却像外国人一样感到生活上有诸多不便。

后来我见到了几个不同时代的"斯特鲁德布鲁格"。虽然他们听说我是个大旅行家，世界各地都见识过，却一点儿也不感到好奇。他们只希望我能给他们一个"斯兰姆斯库达斯克",就是一件纪念品。这其实是一种委婉的乞讨方式,以躲避严禁他们这样做的法律,因为尽管给他们的津贴确实很少,他们却是由众人供养着的。人人都轻视、痛恨他们生下一个这样的人来,大家都认为是不祥之兆。他们是我生平所见到的最令人伤心的人,而女人比男人还要过得可怕。

自从我亲眼看到这种人以后,我长生不老的欲望为之大减。我为自己先前那些美妙的幻想感到羞愧。心想,与其这样活着真还不如死掉,无论哪位暴君发明什么可怕的死法,我都乐于接受。我不得不赞成这个王国制定关于"斯特鲁德布鲁格"的法律。遇上这种情况,任何国家都可能执行那些法律。因为贪婪是老年的必然结果,那些长生不老的人一旦成为整个国家的财产的业主,独霸全民的权力,却会因为缺乏经营管理的能力,最终必然导致整个社会的毁灭。

第二十三章

　　我离开拉格奈格，带着国王的信来到日本，然后坐一艘荷兰船途经阿姆斯特丹返回英国。

国王陛下三番五次要求我接受他朝廷的官职，可他见我决意要回自己的祖国，也就准许我离开了。我很荣幸地得到他亲笔给日本天皇写的一封介绍信，并得到444块大金子和一枚红色钻石。

　　1709年5月6日，我郑重辞别了国王和我的朋友。6天以后，我找到一艘船把我带到了日本。15天后，我们在位于日本东南部的一个叫滨关的港口小镇上了岸。上岸后我马上就将拉格奈格国王给天皇陛下的信拿给海关官员看，他们对上面加盖的御玺非常熟悉。镇上的地方长官听说我有这么一封信，就以大臣之礼来款待我。他们为我备好车马和仆从，护送我去江户。

　　到江户后我马上就被天皇召见了。我递上介绍信，拆信的仪式十分隆重，一名翻译将信的内容解释给天皇听。随后，翻译转达天皇的命令说，看在他拉格奈格王兄的面子上，无论是什么要求只要我说出来就会照办。

　　我按照事先想好的主意回答说，我是一名荷兰的商人，在一个遥远的国家航海时翻了船，之后从那里先海路后陆路一直到了拉格奈格，再后来就坐船来到了日本。我知道我的同胞时常在这里经商，就希望有机会能随他们中的一些人一起回欧洲去。说完我就极为低声下气地请求天皇开恩，希望他能下令把我安全地送到长崎。

我还提出了另一个请求，能否看在我的恩主拉格奈格国王的面子上，免我履行踩踏十字架这一仪式。我的同胞到这儿来都得履行这样的仪式，可我是因为遭遇了不幸才来到他的国家的，丝毫没有做生意的意思。当翻译把我的后一个请求说给天皇听之后，他有些吃惊，说他相信在我的同胞中不愿履行这种仪式的人我是首例，因而他开始怀疑我是不是真正的荷兰人，甚至疑心我是个基督徒。尽管如此，由于我提的那些理由，而更主要是看在拉格奈格国王的面子上，他特别开恩准许了。

1709 年 6 月 9 日，经过长途跋涉，我到了长崎。不久，我就认识了一些荷兰的水手，他们都是阿姆斯特丹的载重达 450 吨的"阿姆波伊纳号"大商船上的人。我在荷兰住过很久，所以我的荷兰话说得很好。水手们不久就知道我是从哪儿来的了。他们十分好奇地询问我的航海及生活经历。我尽量把故事编得简短而可信，却把真相的绝大部分隐瞒了下来。我在荷兰认识不少人，我可以捏造我父母的名字，假说他们是盖尔德兰省出身卑微的百姓。我本来准备付给船长船费，可他听说我是名外科医生后，就高兴得只收了一半，条件是我在本职行业方面为他服务。

航行途中没有发生值得一提的事情。我们一帆风顺地驶到好望角，为了取淡水我们在那停了一会儿。1710 年 4 月 10 日，我们安全抵达阿姆斯特丹，路上有三名水手病死，还有一名在离几内亚海岸不远的地方从前桅上失足掉进了海里。之后不久，我搭乘阿姆斯特丹的一艘小船从那里启程回英国。

4月16日，我们进入唐兹锚地。第二天早晨我上了岸，在离开了三年多之后，终于又见到了自己的祖国。我马上动身去瑞德里夫，当天下午两点就到了家，看到妻子儿女全都身体健康，我很高兴。

第二十四章

当了船长的我遭到部下背叛被遗弃于一块不知名的陆地上。

我跟妻子儿女共同度过了大约 5 个月的美好时光。不久，我离开了已经怀孕的妻子，接受了一份待遇优厚的邀请，到"冒险"号大商船上做了船长。我还另外聘请了一名干练的青年医生到船上担任外科医生。

1710 年 8 月 2 日，我们由普茨茅斯出发，中途曾遇到"布利斯脱"号的普可克船长。后来，他船上的一名船舱招待员在他的船只失事后，来到了我的船上。

由于船上有几个水手因患热带狂热病而死，我不得不招募了一批新水手。但过了不久我就开始懊悔起来，我发现，这些新水手大部分都做过海盗。后来这帮恶棍把我船上的其他水手全部扔到了海里，并且密谋要夺取我的船。一天早上，他们冲进船舱把我的手脚都捆了起来，并用一根链子将我的一条腿拴在床上。他们把饭给我送来，然后完全控制了这艘船，他们的计划是去当海盗，抢劫西班牙人，不过他们需要纠集更多的人才能干成。我被囚禁后，他们也死了几个，后来他们决定先把船上的货物卖掉，然后去马达加斯加招募新手。我被他们严严实实地禁闭在船舱里，不知道他们走的是哪条航线。他们一再威胁说要把我弄死，我也就认为自己只有死路一条了。

1711 年 5 月 9 日，有个人来到了船舱里，声称是奉船长之命来放我上岸。我被迫上了一艘长舢板。他们没有搜查我的口袋，口袋里放着我所有的钱和其他一些日常用品。

大约划了一里格，他们随后把我丢到了一片浅滩上，然后离开了。就这样，我被孤零零地抛到了一个陌生的地方。

我振作起来，在这荒凉的岛上朝前走，没过多久就走上了一片坚实的土地。我在一处堤上坐下来休息，同时开始考虑后路。我决心向我在这个国家最先遇到的人投降，用我随身带的东西贿赂他们，希望他们能饶我一命。

这儿的土地被一长排一长排天然生长的树木相隔。到处是野草，还有几块燕麦田。我小心翼翼地走着，生怕受到突然袭击。我走上了一条由人踩踏出来的路，看见上面有许多人的脚印，还有一些蹄印，不过多数是马蹄印。最后我在一块田里发现了一些形状非常奇特、丑

航行过程中，遭遇水手劫持。这段描写为格列佛到慧骃国提供了一个契机。

格列佛被撵下了船，一段冒险开始了。

初到慧骃国，对眼前的事物充满了惊异和好奇。

陋的动物，它们皮肤为浅褐色，头上、胸前都长着一层厚厚的毛，有的毛卷起，有的毛直立着。它们有时坐着，有时躺着，有时也会两腿站立。它们上蹿下跳，丑陋不堪，实在让人生厌。在我历次的旅行中，这是第一次见到这么让我不舒服的动物。

　　我带着轻蔑和厌恶起身走到原先那条人行道上，期待着沿这条路走下去最终能找到一间印第安人的小屋。我还没走多远，就被一只动物挡住了路。那丑八怪见到我，就做出种种鬼脸，两眼紧紧地盯着我，就像看一件它从未见过的东西。接着它向我靠拢过来，不知是出于好奇还是想伤害我，一下抬起了前爪。我拔出腰刀，用刀背猛击了它一下。那畜生挨了这一击之后就一面往后退去，一面狂吼起来，这一下立刻就有 40 多头这样的怪兽从邻近的地里跑过来将我包围。我跑到一棵树下，背靠着树干，挥舞着腰刀不让它们接近我的身体。有几只该死的畜生抓住了我身后的树枝蹿到了树上，从那儿开始往我的头上拉屎。我把身子紧贴在树干上，总算躲了过去，但差点儿被从四周落下来的粪便的臭气闷死。

　　突然，那些畜生又全都飞快地跑开了。我壮了壮胆子离开那棵树，继续上路，不知道是什么东西把它们吓成这个样子。我往左边一看，却看到了地里有一匹马在慢慢地走着，那些畜生估计是被它吓跑了。这马走近我身边时先是小小地一惊，但马上就镇定了下来，它先是

描写了"野胡"的形象，运用描写叙述的方式，不动声色地进行着讽刺。

"慧骃"出场了。

盯着我，接着便绕着我走了几圈，但并没有要伤害我的意思。我们面面相觑，后来我试图像一个驯马师那样收服它，它却带着蔑视的神情将我的手推开了。接着，它发出音调怪异的嘶鸣，好像在自言自语。

当我们正相持不下时，又有一匹马走了过来。它很有礼貌地走到第一匹马的跟前，只见它们相互轻轻地碰了碰右前蹄，用各不相同的声音互相嘶叫了几声，就像是在说话。然后走开几步，像是要一起商讨什么事。过了一会儿，又肩并肩地来回走着，就像人在考虑什么重大事件一样，眼睛不时地转过来朝我这边看，好像在监视我，怕我会逃跑似的。我不想理会它们，决心再去找找房屋和村庄，第一匹马见我要悄悄溜走，就在我身后长嘶起来。那极为夸张的叫声真叫人惶恐，我转过身走到它跟前，看看它还有什么吩咐。

两匹马走到我跟前，仔细地端详我的脸和手。那匹灰色马用右前蹄把我的礼帽摸了一圈，弄得不成样子，我只得摘下来整理一下重新戴上去。它和它的伙伴见此更加惊讶了。栗色马摸了摸我的上衣襟，发现那是松松地在我身上挂着时，它俩就露出了更加惊奇的神色。它们对我的一切都感到困惑，各种姿势随之而出，那神情就像一个哲学家在思考什么新难题一样。

看到它们这样富有理性，我开始怀疑它们是两个寻开心的魔法师变的。我于是就试着向它们讲述了我的遭

在这里作者埋下伏笔，引发读者思考：这个国家的居民是什么样的呢？作者对慧骃的智慧进行赞美，同时也讽刺了"野胡"。

对栗色马的描写形象、生动、活灵活现。

遇，并请求它们驮我去找一个人家。听我讲完后，它们又对着嘶叫了半天，似乎是在讨论。

我听它们重复最多的一个词是"野胡"，虽然我猜不透那是什么意思，可当这两匹马忙着在那里交谈的时候，我就试着开始学习这个词。它们的交谈一停止，我就壮着胆子高声地叫了一声"野胡"，同时还尽量地模仿那种马嘶叫的声音。它们听了之后都感到很惊讶。那匹灰马还特意把这个词重复了几遍，似乎是在帮我纠正发音。接着，栗色马又教了我另一个词——"慧骃"。

又谈了一些话之后，这两位朋友就分手了，同样又互相碰了碰蹄子。灰马做了一个姿势，意思是让我在它前头走，我想我在找到更好的向导之前还是顺从它好了。我一放慢脚步，它就会发出"混，混"的声音。我猜到它是怕我停下来，于是我就设法让它知道，我太累了，就快要走不动了。它就只好停下来站一会儿，让我休息一会儿。

<blockquote>对"慧骃"与"野胡"的描写，形成强烈的对比。</blockquote>

情境赏析

本章是格列佛第四次冒险，他漂泊到一个陌生的国度。他首先看到了人形的野兽——野胡，并受到种种非难与夹击。仓皇之中两匹马的到来，让他转危为安。

在对"慧骃"的描写过程中，我们发现作家赋予了它理性的化身——很有理性，观察敏锐而且判断正确。其行为举止温和、冷静。

"它们对我的一切都感到困惑，各种姿势随之而出，那神情就像一个哲学家在思考什么新难题一样。"

▋名家点评 ▌

　　如果笛福笔下的鲁滨孙，由于主人公进化的结果，他终于承认英国现存的文明的话，那么斯威夫特笔下的格列佛，虽然也从鲁滨孙所走的道路开始，但他进化的结果，却使他完全否认笛福通过自己的主人公的形象所肯定的东西。

——（苏）阿尼克斯特

我和那野兽被紧挨着并排到一起后，主仆二马就开始仔细地比较起我们的面貌来。

大概走了三英里路之后，我们来到了一座长房子面前。那座房子是先把木条插在地上，再用枝条编织建成的。房顶很低，上面盖着草。

那马对我做了一个姿势要我先进房去。这是一间很大的房间，光光的泥土地面，一边是整整一排秫草架和食槽。房间里有三匹小马和两匹母马，它们中有几匹屁股着地坐在那儿，这叫我非常惊奇；更让我吃惊的是，其余的那几匹正在那儿做家务。看上去它们只不过是普普通通的牲口，可是却证实了我起初的那个想法：一个能把野兽教化成这样的民族，其智力方面一定超过世界上所有的人。灰色马随后就走了进来，以一种威严的姿态对它们嘶叫几声，它们则报以回答。

除了这间屋子以外，另一头还有三间。我跟着灰马走进第三个房间，却没听到任何人声。正当我在纳闷儿这个国家的贵人为何要由马来服侍之时，灰马做姿势让我进去。进屋后，我只看到一匹美丽的母马和两匹小马。

见我进来，那母马就从草席上站了起来。它走到我跟前，仔仔细细在我的手和脸上打量一番之后，露出了十分轻蔑的神色。接着它就转过身跟那匹灰马说话去了。我听到它们一再地说起"野胡"这个词，虽然这是我学会说的第一个词，可它的意思我当时并不清楚。灰马用它的头朝我点了点，又像刚才在路上时那样"混，混"叫了几下，我明白那是叫我跟它走。它带我出了房间，来到一个像院子一样的地方，那儿还有一座房子，离马住的地方不远。我们一进去，我就看见三只我上岸后最先看到的那种叫人厌恶的畜生。它们正在那里享用树根和兽肉。它们的脖子上都系着结实的枝条，拴在一根横木上。

马主人吩咐它的一名仆人将最大的一头解下来牵到院子里。我和那野兽被紧挨着并排到一起后，主仆二马就开始仔细地比较起我们的面貌来，随后即一遍又一遍地重复着"野胡""野胡"。当我终于发现这只可恶的畜生竟具有一副完整的人形时——脸又扁又宽，塌鼻子，厚嘴唇——心里恐惧极了。它的前爪子除了指甲很长、手掌粗糙、手背多毛以外，与我的手并没有什么两样。我和它的区别主要就在于我穿着衣服，对此两匹马似乎更是困惑不解。

那匹栗色小马用它的蹄子和蹄骹夹了一段树根给我。我用手接了过来，闻了闻，然后又十分礼貌地还给了它。它又从"野胡"住所里拿来一块驴肉，可是气味极其熏人，我不吃，于是那肉就被扔给了"野胡"，结果就被它们狼吞虎咽地吞吃了。之后它又给了我一小捆干草和一些燕麦，可我都是摇摇头，把头侧向了一边。

说真的，我现在倒真担心起来了，要是我遇不上什么同类的人，我可能会被活活饿死的。至于将我和那些龌龊的"野胡"看成同类，我无论如何都接受不了。马主人将前蹄放在嘴上问我想吃什么，可我却无法使它明白。就在这时，我看到一头母牛，就做姿势告诉它我想喝牛奶。

于是，它领我回家，让它的仆人——一匹母马给我盛了满满的一大碗。

大约中午时分，我看到四只"野胡"拉着一种像雪橇一样的车子朝房子这边走来。车上是一匹老马，看上去像是有些身份的。它下车时后蹄先着地，因为它的左前蹄不小心受了伤。老马是来灰马家里赴宴的，它受到了主人十分客气的接待。

它们在最好的一间屋里用餐，菜是牛奶熬燕麦，老马吃热的，其余马都吃冷的。它们的食槽在房间的中央摆成一个圆圈，分隔成若干格，它们就围着食槽在草堆上坐成一圈。食槽圈的中间是一个大草料架，上面有许多尖角，分别对准食槽的每一个格子，这样每一匹公马和母马都能规规矩矩、秩序井然地吃自己那一份干草和牛奶燕麦糊。灰马一直让我在它的身边站着，它和它的朋友似乎谈了许多关于我的话，因为我发现客人不时地朝我看，而且又一再地说到"野胡"这个词。

我那时恰好戴着一副手套，但灰马看到我把手打扮成那样，就做姿势希望我将自己的手恢复原状。我发现，我摘手套的动作让它们很喜欢。马主人让我学了几个词，我念得很好。

吃完饭后，马主人把我拉到一边，表示很关心我的饮食问题。我将新学的单词"燕麦"念了两三遍，因为我希望能够用燕麦制作面包。马主人吩咐仆人给我送来一木盘燕麦，我设法用它们烤制了一种糊饼，然后就着牛奶吃了下去。开始我觉得这东西淡而无味，后来也就习惯了。有时，我也会用"野胡"的毛发编织个罗网，捉只兔子或者小鸟来吃。没有盐的饭菜开始觉得很难吃，后来也就习惯了。

到了傍晚的时候，马主人吩咐给我准备一个住处。住处离马住的房子有6码远，跟"野胡"的窝是分开的。我弄了一些干草，身上盖着自己的衣服，睡得倒也很香。

第二十六章

　　我得到"慧骃"主人的帮助和教导，认真学习它们的语言。并用这种语言向"慧骃"报告我的经历。

我开始竭尽全力学习它们的语言，马主人、它的儿女和家中的仆人都愿意教我。它们认为像我这样一个畜生竟能有理性，这实在是个奇迹。我的语言老师中最愿意帮我的是那匹栗色小马。而马主人却很不耐烦，它一直坚信我是一只"野胡"，只不过干净、懂礼貌，而且肯接受教化罢了。它最想知道的是我的衣服是不是长在身上的。它还想知道我为何有理性，以及我的来历和经历。我的听说能力大有进步，它希望能听我讲述自己的故事。

　　大约过了10个星期，马主人提的问题大部分我都能听懂了。三个月以后，我就能够勉强回答它的问题了。它非常想知道我来自这个国家的哪个地方，是怎样学会模仿理性动物的本领的，因为"野胡"虽看似有几分机灵，却最爱调皮捣蛋，据说是一切兽类中最不可调教的畜生。

　　我回答说，我从一个很远的地方来，和许多同类坐着用树干做成的一个巨大容器，漂洋过海到了这里。我的同伴强迫我在这里登陆，抛下我不管，让我自求生存。我费了相当的口舌，又借助不少手势，才使它明白了我的意思。马主人回答说，我肯定是弄错了，要不就是我说的都是些子虚乌有的事。它说海那边不可能有什么国家，一群畜生也不可能随心所欲地在水面上移动一个木头容器。它相信在世上现存的"慧骃"中没有一个能做出这样的容器。

"慧骃"这个词在它们的语言中是"马"的意思，就它的词源而言，是指"大自然之尽善尽美者"。我对马主人说，我不知道该怎样表达自己的意思，不过我会尽快改变这种状况，希望短时间内就能告诉它种种稀奇古怪的事。它非常高兴，就指示它自己的母马、小马以及家中的仆人利用所有的机会来教我，而它自己每天也要花上两三个钟头教我。

到这里5个月后，它们的话我已经可以完全听懂，同时也能够相当不错地表达我自己的意思。它们感到惊讶的是，我身上除了头、脸、手之外，为什么没有"野胡"那样的毛发和皮肤。但是，一桩意外的事情却使我不得不向主人透露了我的秘密。

有一天大清早，马主人派它的贴身仆人栗色小马来喊我过去。它进来时我正在熟睡中，衣服掉到一边去了，衬衫也扯在腰部以上。这可吓坏了栗色小马，它把主人吩咐的话说得有点儿颠三倒四，接着它返回到主人那里，惊慌失措地把它看到的情况胡乱报告了一通。

我穿好衣服去拜见马主人时，马主人问我栗色小马所报告的情况到底是怎么回事，为什么我睡觉时的样子和其他时候不同。

为了使自己与该死的"野胡"区别开来，我始终保守着自己穿衣的秘密。但现在我必须向马主人说出真相。我告诉它，在我的祖国，人们为了体面或抵御恶劣气候，就用一种加工过的毛皮来遮蔽身体。为了证实我说的话，我给主人表演了如何脱衣。它不明白的是，既然大自然赐给人身体，为何又要让它藏起来？看完我的脱衣表演，它又仔细研究了我的衣服和我的身体，最后断定我就是一只"野胡"，不过我和其他的同类比还是有很大的不同。它不想再看下去，就准许我把衣服重新穿上，因为我已经冻得发抖了。

它时时把我叫作"野胡"，我对那种可恶的动物非常痛恨和鄙夷。于是求它不要再用这个词叫我了，我还请求它为我保密，别让别的马知道我的这一身伪装。

它答应了我的一切诚恳请求，这样秘密就一直守到我的衣服再也不能穿的时候。

从这时候起，马主人就加倍努力来教我学习它们的语言。并带我会见了它所有的客人，同时要求它们以礼待我，因为它私下里对它们说，那样会使我高兴，我也就会变得更加好玩了。

每天在我侍候马主人的时候，它除了教导我以外，还要问几个与我有关的问题，我总是尽我所能回答它。它用这种方法已经大致了解了一些情况，不过还很不全面。我第一次比较详细而有次序地叙述了我的身世，大概内容是这样的：我们如何乘船来此，以及我如何被抛弃，又如何受到"野胡"围攻，等等。它很奇怪我国的"慧骃"怎么会把船交给一群畜生管理，我则委婉地告诉它，在我到过的国家里，人类是唯一的统治者，是唯一有理性的动物。我所有的同胞没有人相信，"慧骃"会是一个国家的统治者，而"野胡"是畜牲。

马主人听了我的话后，脸上露出十分不安的神色，它问我，我们那儿有没有"慧骃"，它们又做些什么工作。我告诉它我们那里"慧骃"多的是，夏天它们在田野里吃草，冬天就养在家吃干草和燕麦。做仆人的"野胡"替它们擦身子、梳鬃毛、剔蹄垢、喂食料，还给它们铺床。

我还告诉马主人，我们那儿的"慧骃"是我们所有动物中最奔放、最英俊的一种，在力量与速度等方面超过其他一切动物。假如它们为贵族所养，就被用于旅行、比赛或者拉车。它们会受到十分周到的照料，直到病倒或者跌折了腿，才会被卖掉去从事各种各样的苦力，一直到死。死后皮被剥掉按价出售，尸体则丢给狗或猛禽吞食。可是一般的马就没有这样的好福气了，它们由农夫、搬运工和其他一些下等人饲养，被迫出苦力，吃的却比不上别的马。我把我们骑马的方法，缰绳、马鞍、踢马刺、马鞭、马具和轮车的形状及用处尽可能地描述了一番。我还说，我们在它们的脚底安上叫作"蹄铁"的一种硬铁板，因为它们经常在石子路上旅行，这样它们的蹄子就不会被磨破。

马主人听完我的叙述之后，十分恼怒，它感到奇怪，我们怎么敢骑到"慧骃"的背上！因为它家中最孱弱的仆人也能把最强壮的"野胡"打翻在地，或者躺下来在地上打个滚也能把那畜生压死。我告诉它我们如何驯马，并请它注意，我们那里的马并不比这里的"野胡"更有理性。

我无法形容它对我们野蛮对待"慧骃"种族的行为有多痛恨，特别是在我说明阉马的方法和作用——使它们不能繁殖后代，使它们更加顺从一以后，它更是深恶痛绝。它想知道，和我们在一起的那些"野胡"是像我呢，还是像它们那个国家的"野胡"。我告诉它，我和我的大多数同龄人长得一样健全，而年纪小一些的人和女人长得还要柔嫩许多，女人的皮肤大多像牛奶一样洁白。它说我确实和别的"野胡"不一样，身上比它们干净得多，样子也比较顺眼，但就身体本能而言，我跟它们的这种区别倒成了缺陷。它接着开始挑我身体其他部位的毛病，但它不知道我脚上的几个裂缝和分支有什么作用。最后它说，这个国家的各种动物生来就厌恶"野胡"，比它们弱的就躲着它们，比它们强的就把它们赶开。如此一来，即便我们具有理性，它也想象不出我们怎样才能使各种动物去掉那些厌恶我们的天性，从而驯养它们为自己效劳。它非常想了解我出生的国家以及我来此地之前的一些生活经历。

我对它说我出生在一个离这个岛很远的名叫英格兰的岛上，父母都是老实憨厚的人，他们培养我做一名外科医生，这种职业就是给人治疗身上的各种创伤，那有可能是由意外造成的创伤，也有可能是由暴力带来的创伤。我的国家由一个女人统治着，我们管她叫"女王"。我离开那里是想挣点儿钱，我最后一次航行时是一船之长。我们的船两次差点儿沉没，一次遇到大风暴，一次撞上岩石。接着为回答主人的询问，我解释了那些船员为何愿意陪我历险。我告诉它，他们是一群因贫困或犯罪而被迫背井离乡的亡命之徒。

在这次谈话中，主人多次打断我。我反复为它解释了几种罪行的实质，辛苦了好几天，才让它明白干那些恶劣的事有什么用处，又有什么必要。为此，我就尽力把争权夺利以及淫欲、放纵、怨恨、嫉妒等可怕的后果解释给它听。在解释和描述所有这一切时，我都只能凭借举例和假设的方法。听后，它抬起头，表现出惊奇和愤慨。权力、政府、战争、法律、刑罚以及无数其他的东西在它们的语言中根本就找不到可以表达的词汇。这几乎是我讲述时无法克服的困难。但经过深思与交谈，它终于对我们那部分世界里人类能做出些什么事有了充分的了解。它同时又希望我能把我们叫作欧洲的那块土地，特别是我自己国家的情形，给它详细地说明一下。

> 我奉命向主人报告关于英国的情况，欧洲君主之间发生战争的原因以及解释英国宪法。

以下是我同马主人多次谈话时的摘录，它包括了两年多的时间里我们几次交谈的最重要的内容。我把整个欧洲的情况都对它说了；我谈到了贸易和制造业、艺术和科学。我在此记录的是我们交谈中涉及我的祖国的内容，我将尽可能将其简化、条理化，但我唯一担心的是，我难以准确转述主人的论点和言辞。

我给它讲述了奥伦治亲王领导的革命和对法国的战争：那次战争是由亲王发动的，之后由他的继承人、当今女王重新开战，基督教世界的列强都参战了，战争至今仍在进行之中。我根据它的要求算了一下，整个战争过程中，大约有 100 万只"野胡"被杀，100 多座城市被毁，300 多艘战舰被焚毁或击沉。

至于一个国家和另一个国家交战的原因，不外乎统治者的野心、大臣的怂恿、观点的分歧等几个主要原因。我告诉主人：由于意见分歧而引发的战争比任何战争都来得凶狠、残暴，特别是当交战双方为区区小事而发生争端时就来得更残酷了。有时，两个国君为争夺对第三国的统治，或者一个国君因为害怕对方要跟自己反目，都会导致战争；敌人过于强大或者过于弱小，别人想要我们的东西或者别人拥有我们所没有的东西，都会使两国开战；一国遭受灾荒、瘟疫或内部纷争，都会成为别国侵入该国的正当理由；出于扩大本国疆域的动机，即使邻国盟友也可能交战；如果一位君王派兵入侵另一个国家，而当地的人民既贫穷又愚昧，那他就可以合法地杀死一半人民，并使其余的人民沦为奴隶；一位君王请求另一位君王帮助他抵抗敌国侵略，而这位出兵支援的君王把侵略者赶走之后，却把向他求救的国君杀死、监禁或驱逐，把他的领土据为己有。姻亲是国君间发生战争的又一根源，贫富差别是导致他们不和的重要原因。这样一来，当兵成了最受人尊敬的职业。所谓"兵"就是一只受人雇佣、杀人不眨眼的"野胡"，它屠杀自己的同类，越多越好，尽管它们从未冒犯过它。在德国和北欧各国，还有一些穷得像乞丐的国君，自己无力发动战争，却把自己的军队出租给富有的国家，靠收取"兵"的租金获得一笔收入，维持他们的主要开支。

马主人说："你告诉我的一切，倒真是极妙地揭示了人类自以为有理性所产生的后果；不过所幸的是，你们的羞耻心倒还大于你们的危险性，你们的嘴平平地长在脸上，除非彼此同意，相互之间很难咬得起来。再说你们的前后爪，又短又嫩，我们的一只'野胡'就可以将你们的一打赶跑。这样，我重新计算一下在战争中伤亡的人数，我只能认为你所说的事实属子虚乌有。"

我不禁摇头微笑，笑它没有见识。我对战争这一行并不陌生，就把什么加农炮、重炮、滑膛枪、卡宾枪、手枪、子弹、火药、剑、刺刀、战役、围攻、撤退、进攻、挖地道、反地道、轰炸、海战等战争方式，以及战场上尸横遍野的情景和战争中烧杀、掳掠、奸淫等暴行讲给它听。

我正要更详尽地往下讲，马主人却突然命令我打住。

它表示，关于战争这个题目，它已经听腻了，但对"法律"一词还不甚了解。它不明白，旨在保护人民的法律为什么会使人家破人亡，所谓的"法律"究竟是什么意思，执行法律的究竟是些什么人。它认为，既然我们自命为理性动物，自然和理性就应该足以支配我们的行为。

我告诉主人，法律这门科学我研究得很少，只知道如下一些事实：我们那里有这样一群人，他们从青年时代起就学习怎样搬弄文字设法证明白的是黑的，而黑的是白的。你给他多少钱，他就给你出多少力。比方说，我的邻居看中了我的一头母牛，他就会聘请这么一位律师来证明，牛是他的，该由他把牛从我这儿牵走。而我也得聘请另一位律师来为自己辩护。好，就这桩案子来说，我作为母牛的真正的主人，却有两大不利之处：第一，我的律师从小就没学会为正义说话，所以他会极其为难；第二，我的律师必须谨慎，不然他极易招致上级的反感和同行的白眼。所以，要保住我那头母牛，我只有两种办法：第一是出双倍的钱将我对手的律师买通，这不难；第二种办法是让我的律师不要硬坚持说公理在我这边，要说得好像那母牛就属于我的对手似的。那些法官一辈子都不会主持正义，而且还会因年迈昏聩而怠惰，他们在裁决时往往会站在无理者那边。

律师们还有这样一条准则：凡是有例可援者，均视为合法，此乃判决的"先例"；以此为据，就可证明不法行为的合法性。在辩论时，他们绕开本质，只管高谈阔论一些离题甚远的细节。比如，他们从不问对方有什么权利或资格拥有我的牛，反而大谈牛的颜色是红是黑，牛的犄角是长是短，牧场是圆是方，在家里还是在外边挤奶，以及它容易得什么病，等等。然后，他们便查阅先例，一再拖延，等到 10 年、20 年，甚至 30 年后，才会做出结论。

他们审判叛国罪犯的方法却简单得多，这倒是很值得称道的。法官先要了解一下有权人的意见，然后就很容易地判处罪犯是绞死还是赦免，同时却还可以说他是严格遵守了所有规定的法律形式。

说到这里，马主人接过去说，照我描述的情形来看，像律师这样具有如此巨大才能的人，你们却不鼓励他们去教导别人，传授智慧和知识，实在是可惜了。

听它这话，我回答说，律师们所有的心思和时间都用在处理和研究本职工作上了，其他任何事都不关心，所以除了他们自己的本行，其他各方面他们大多是又无知又愚蠢，从一般的交谈中，还真很难找得出别的行业中有什么人比他们更卑鄙。大家也都认为他们是一切知识和学问的公开的敌人，无论跟他们谈哪一门学问，他们都会像在本行业务中的表现那样，违反人类的普遍理性。

我曾经谈起过我们政府的概况，主人听到"大臣"这个名词，便让我解释它的含义。

马 主人还是不能完全理解律师为何要组织这样一个伤害自己同胞的不义集团。因此，我只好又费了半天口舌向它解释钱的用途：当一位"野胡"积攒起大量这种贵重物品时，它就能想买什么就买什么，包括最美貌的女性。我们的"野胡"认为，不管是花钱还是存钱，永远都不会够，这和我们挥霍或贪婪的天性有关。富人享受着穷人的劳动成果，穷人被迫过着悲惨的生活，为拿到少得可怜的工资而日夜劳作。对于这些细节，我着意详细讲述，但马主人还是搞不明白。因为，它相信所有动物都有权分享地球的产物，尤其是那些主宰着其余动物的物种。于是我就尽我所知把几种肉食一一列举出来，并且谈到各种烹调方法和各地运来的原料以及饮用酒、调味品与数不清的其他食品。我告诉它，至少要在整个地球上绕上三圈才能找到富裕的母"野胡"早餐吃的东西。主人最不解的是，那么广阔的英国食品产量据说抵得上居民消费的食物的三倍，但为了满足男人的奢侈和女人的虚荣，我们却把大部分的必需品运往外国，再从那里换回生产疾病、荒淫和罪恶的原料。结果，大多数居民无以为生，只好纷纷干起了行乞、抢劫、偷盗、诈骗、拉皮条、做伪证、教唆、造假、赌博、撒谎、奉承、威吓、包办选举、滥写文章、星象占卜、投毒、卖淫、假充虔诚、诽谤、空想等诸如此类的勾当。

我又说，我们从国外进口酒类倒并不是因为我们缺少淡水或其他饮料，而是因为酒是一种喝了可以使人麻木而让人兴奋的液体；它可以排解我们所有的忧愁，在脑海中唤起狂野奔放的想象，增加希望，驱除恐惧，使所有理智暂时都失去效用，四肢不能运动，直到我们昏睡过去。可是我们必须承认，一觉醒来总是精神萎靡，而长期喝它们的结果就是生病，使我们的生命痛苦而短暂。

此外，大多数人民还得靠向富人提供日常必需品或者互相之间提供这些东西来维持自己的生活。比如我在家的时候，身上穿得像模像样，那一身衣服就是100名工匠的手艺。我的房子和里面的家具也同样需要那么多人来制造，而把我的妻子打扮一下，则需要500名工匠付出劳动。

接下来我又跟它谈到另一类人——医生，他们是靠与病人打交道来维持生活的。马主人却认为大自然创造万物都达到完美的程度，绝不会叫我们的身体受任何痛苦，因此它很想知道人体各种疾病的起因是什么。我就对它说，我们吃的东西不下千种，吃下去却互不相容；还有，我们肚子不饿却还要吃，嘴巴不渴却只管喝；通宵达旦坐在那儿喝烈性酒，东西却不吃一点儿，喝得人慵懒松散，身体发烧，不是消化太快就是无法消化。所以，我们会生病。还有许多别的病是会遗传的，所以许多人生到这个世上来，身上就已经带有种种复杂的疾病了。为了治疗这些疾病，我们中间就培养了一类专以治病为业的人，不过也有冒充的。因为我在这一行上有点儿本事，为了感谢马主人对我的恩德，我愿意把那些人行医的秘密和方法全都说出来。

他们的基本原理是，一切疾病皆由饮食不合理、无规律而来，因此他们就得出了这样的结论：有必要对身体内部来一次大清除，这既可以通过自然排泄的渠道，也可以从上面的嘴里吐出来。他们的下一步就是，用药草、矿物质、树脂、油、贝壳、盐、果汁、海藻、粪便、树皮、蛇、癞蛤蟆、青蛙、蜘蛛、死人的肉和骨头、鸟、兽、鱼等，想尽办法做成一种气味难闻的混合物，一吃进胃里就叫你恶心得往外吐，这种混合物他们管它叫催吐剂。他们还会用同样的药物加上几片毒剂制成一些同样让肠胃无法忍受的药水。这种药水可以把肚子里的东西全清理出来，他们管这种药叫泻药或者灌肠剂。据这些医生说，造物主本来是安排我们用长在前面的上孔吃喝，用长在后面的下孔排泄，而一切疾病的发生，在这帮聪明的医生看来，都是因为造物主的安排一时全给强行打乱了，所以为了恢复正常秩序，就必须用一种完全相反的方法来治疗身体的疾病，即把上下孔对调使用，将固体和液体硬从肛门灌进去，而从嘴里排泄出来。

这帮医生本领超群，他们能预测病症的后果，并且往往不会弄错。要是他们已经宣判了病人的死刑，而病人却出乎意料地渐有好转的迹象，他们也不会任人去骂他们是骗子。他们知道如何及时地给病人用上一剂药就可以向世人证明，他们还是有先见之明的。对于那些对自己的配偶已感到厌倦的丈夫或妻子，或是长子、大臣，尤其是对君王，他们也有特别的用处。

我曾谈起过我们政府的概况。马主人听我提到大臣这个名词，便让我解释它的含义。我说，我要描述的这位首相大臣是这样一个人：

他整个儿是哀乐无动于衷，爱恨不明，不同情，不动怒；他除了对财富、权力和爵位有强烈的欲望外，别的一概不动感情。他用言辞来解决各种问题，但他却从不表达自己的思想。他不说实话则已，如果说实话，那他是在认为你会把他说的实话当假话。他不说谎话则已，如果说谎，他那是在认为你一定会信以为真。他在背后痛骂一些人，实际上这些都是他最喜欢的人。如果他当面或对别人夸奖你，那你从这天起就要倒霉。最糟糕的是你得到了他的许诺，如果他在答应你的时候还发了什么誓，那就更糟了。遇到这种情形，聪明一些的人就会自行引退，没有什么指望了。

一个人可以通过三种办法爬上首相大臣的位置：第一，知道如何巧妙地出卖妻子、女儿或姊妹；第二，知道如何背叛或谋害自己的前任；第三，能在公开集会上慷慨激昂地抨击朝廷的各种腐败。但是英明的君王总是愿意挑选那些惯于采用第三种办法的人，因为事实证明，那些慷慨激昂的人总是最能顺从其主子的旨意和爱好。他们一旦得势，就会依靠贿赂元老院或枢密院成员来维持权力，最后，他们还借用一种"免罚法"以保证自己事后免遭不测，满载着从国民身上贪污来的赃物从公职上悄然引退下来。

首相官邸是他培养同伙的学校。他的随从、仆人和看门人通过效仿其主子，也都在各自的区域内做起大官来。他们向主人学习蛮横、说谎和贿赂这三种主要本领而能更胜一筹，于是他们也就有了自己的小朝廷，受到贵族的奉承。有时他们还靠机巧和无耻，一步步往上爬，并最终成为他们老爷的继承人。

所以说，首相大臣往往受制于亲信仆从，任何趋炎附势者都得通过他们办事。这样，这些亲信仆人倒像是王国的统治者。

有一天，马主人听我谈到我国的贵族，它倒是说了我一句好话，不过我是不敢当。它说，它敢肯定我是出身于贵族家庭，因为我模样好，肤色白，身上干净，这几方面都远远超过它们国内所有的"野胡"，我不但具有说话的能力，而且还有几分理性，以致所有和它相识的"慧骃"都认为我是一个难得的人才。

它叫我注意，"慧骃"中的白马、栗色马和铁青马样子长得跟火红马、深灰色斑纹马和黑马并不完全一样，这是天生的，也没有变化的可能，所以它们永远处在仆人的地位。它们如果妄想出人头地，在这个国家中就要被认为是一件可怕而反常的事。

我感谢主人对我的称赞，不过我同时又告诉它，我其实出身低微，只受过最起码的教育。而我们那里的贵族从小就过着游手好闲、奢侈豪华的生活；一到成年，他们就更加放纵，挥霍他们祖先的财产；等到财产所剩无几时，就娶一个出身卑贱、脾气暴戾而身体不好的女人做妻子。他们生下来的孩子通常不是患奇怪的病，就是残废。做妻子的如果不注意在邻居或佣人中给她的孩子找一个身体强健的父亲以改良品种传宗接代，那这家人一般是传不到三代就要断子绝孙。身体虚弱多病、面容瘦削苍白，是一个贵族常见的标志。他的头脑也和他的身体一样大有缺陷，那是古怪、迟钝、无知、任性、荒淫和傲慢的合成品。不得到这一帮贵族的同意，任何法令都不能颁布，既不能废除，也不能修改。这些贵族还对我们所有的财产拥有决定权，而不用征求我们的意见。

第二十九章

主人告诉我它对人性的看法，并且详细地向我介绍了它们国家"野胡"这种动物的种种特征。

为什么"批评人类"，在这里有了答案。

我必须坦白承认，这些杰出的四足动物的许多美德与人类的腐化堕落形成了鲜明的对照。至此它们已打开了我的眼界，也扩大了我认识的范围，使我对人类的行为和感情另眼相看，同时也让我觉得不值得设法来保持什么同类的尊严。再者，在一位像马主人那样判断敏锐的"慧骃"面前，我也没有办法保住我们的尊严；它天天都让我觉得我身上有许多错误，而这些错误以前我丝毫都没有觉察到，而在我们看来它们甚至根本就算不上是人类的缺点。我同时倒是从它这个榜样身上学会了彻底憎恨一切的虚假和伪装。真理，在我看来是那么可爱，我决心为了真理而牺牲一切。

格列佛决心在"慧骃"国住一辈子。

让我向读者说得更坦率一点儿吧，我之所以如此畅快地揭示人类的缺点，是我有了新的打算：虽然来该国还不到一年，我已深深爱上了它，我决定不再返回人类世界。在这里，我将安度余生，并有机会研究和实践每

一种美德。但是命运永远是我的敌人，这样的福气不会
降临到我身上。令人欣慰的是，在那样一位严厉的考问
者面前谈到我的同胞时，我竟还敢于为他们的错误辩
护，只要情况允许，每件事情上我都是尽可能地说好
话。谁不会因为偏心而袒护自己的故土呢？

马主人提出的问题我都答完后，它的好奇心似乎已
完全得到了满足，于是一天大清早它就把我叫了去，让
我就近坐下，然后对我讲述的一切进行了评述。它说，
它认为我们是一种碰巧得到了一点儿理性的动物。我们
将造物主赋予我们的很少的几种本领弃之不用，原有的
欲望倒一直在十分顺利地不断增多，而且似乎还在枉费
毕生的精力通过自己的种种发明企图来满足这些欲望。
至于我，力气和行动的敏捷上都不如一只普通的"野
胡"。两只脚走起路来就很不稳当，还想出办法使自己
的手既无用处又不能防卫，下巴上那本用来防御太阳和
恶劣气候的毛发也给拔掉了。另外，我既不能快速地奔
跑，又不能爬树，和我在这个国家的"野胡"弟兄们就
是不一样。

我们有行政和司法机构，显然是因为我们的理性以
及我们的道德有严重缺陷。它很清楚，我偏袒自己的同
胞，为此许多具体的事情我都对它瞒了下来，还常常说
一些乌有之事。

马主人更加相信它自己的看法是对的了，因为我除

馬主人对格列佛及其祖国的思考和评价。

借主人之口，讽刺人类社会。

在"慧骃"主人理性的目光中，"野胡"的丑陋直性暴露无遗。

了在力量、速度和动作等方面略差外，我的身体特点跟普通"野胡"一样，而且，就我介绍的有关我们生活、习俗和活动等情况来看，我们的性情也与"野胡"近似。比如，"野胡"彼此之间很仇恨，甚至胜过对其他物种的仇恨。因此，它认为我们把身体掩盖起来确实很明智，只有这样，才能把我们自身的许多缺陷隐藏起来。而现在它又有了新的发现。它说，如果把够50只"野胡"吃的食物扔到5只"野胡"中间，它们是不会本本分分地吃的。每只"野胡"都迫不及待地想要独占全部，这样它们就会扭打起来。所以，它们在室外吃东西的时候，通常还得派一名仆人站在一旁监视。关在屋里的那些则必须用绳子拴住，彼此隔开。如果有一头母牛因年老或者意外事故死了，在"慧骃"还没来得及把它弄给自己的"野胡"吃之前，附近的"野胡"便已经成群地来争夺了，这样就会像我描述的那样引来一场战争，双方被爪子抓得一塌糊涂，不过因为它们没有我们发明的那种方便的杀人武器，倒是很难互相残杀。有时候，附近几处的"野胡"没有任何明显的原因也会这样大打一场；一个地区的"野胡"瞅准一切机会，趁另一个地区的"野胡"还没有准备好，就向对方发起突然袭击。要是它们发现偷袭计划失败，就跑回家去，敌人没有了，就进行一场我所说的那种内战。

马主人说，该国田地里出产一种彩色的闪光石，

迫不及待：急迫得不能再等待。

这里写"野胡"们喜欢"这种石头"，实际上是在暗指人类对物质的贪欲。

"野胡"们极其喜爱。有时这些石头凑巧在土里埋着，它们就会用爪子去把石头挖出来，然后运回去一堆堆地藏在自己的窝里，一面藏一面还要十分小心地四下张望，生怕伙伴们会发现它们的宝贝。马主人说，它始终都不明白它们怎么会有这么一种违反天性的欲望，这些石头对"野胡"又有什么用处呢？但是它现在相信，这也许是由于我所说的那种贪婪的天性。马主人说它曾做过一次试验，它悄悄地将一只"野胡"埋藏在某处的一堆石头搬走。那利欲熏心的畜生见它的宝贝丢了，就放声哀号起来，弄得所有的"野胡"都跑到这地方来。它在那里惨叫着，对别的"野胡"又是撕又是咬，这之后便日见消瘦，不吃不睡也不干活儿。这时主人就命一个仆人私下里将这些石头运回原来的坑里并照原样埋好。那只"野胡"发现后，精神立刻就恢复了，脾气也变好了，只是越发小心将石头埋到了另一个更安全的地方。从此以后这畜生一直十分听话。

马主人还告诉我，在有很多闪光石的田地里，由于邻近的"野胡"不断来入侵，往往会发生最激烈、最频繁的战争。它说，在两只"野胡"正在争一块闪光石的时候，出现一个第三者将石头拿走，这是常有的事。为此，主人不得不采取类似法律的措施。

马主人又说，"野胡"最叫人厌恶的是它们那好坏不分的食欲，无论碰到什么，它们统统吞吃下去。它们

揭示了"野胡"贪婪的本性。暗指人类对物欲的追求造成人性的异化和扭曲。

还有一种怪脾气，家里给它们准备的好好的食物放着不吃，却喜欢从老远的地方去偷或者抢。弄来的东西如果一时吃不完，它们也不会停，会一直吃到肚子要爆炸。主人也给它们准备了一种草根，如果吃得太饱，吃下去草根就能把肚子泻个干净。

描写"野胡"物
欲满足后的丑
态。

还有一种草根，汁很多，可是比较稀罕，也不容易找到。"野胡"们找起这种草根来劲头很大，一找到就兴致盎然地吮吸一阵。它的效果与我们喝酒产生的作用非常相似。吸过之后，它们就会一会儿搂搂抱抱，一会儿又厮打起来，它们号叫、狞笑、喋喋不休、发晕、打滚，最后在烂泥地里酣然睡去。我也发现，"野胡"是这里唯一会生病的动物，其病因就是污秽与贪婪。

对英国宫廷、
宠臣、首相大
臣进行辛辣的
嘲讽。

在学术、政治、艺术等方面，马主人承认，它看不出它们国家的"野胡"和我们之间有什么不同之处，它还听说，在"野胡"群里有一头居于统治地位的"野胡"，它的样子更加难看，性情更加恶劣。通常它会寻找一个爱将，专门负责为它舔脚和屁股，其职位会维持到下一个更坏的"野胡"出现。面对这一恶毒的嘲讽，我简直不敢反驳，它把人的悟性看得比猎犬还低。

马主人还说，我在介绍人类的时候，没有提到人类是否具有"野胡"的突出特性，如共同拥有雌性，以及激烈地争吵和打架。它不懂"野胡"为什么喜欢肮脏污秽。对于这些责难，我本打算辩解一番，最后觉得还是不作答为妙。

马主人还提到了另外一个特性，那是它的仆人在几只"野胡"身上发现的，"野胡"有时不知怎么会想到要躲进一个角落里去，在那里躺下来，又是号叫又是呻吟，谁走近它就把谁一脚踢开，虽然年轻，却可以不吃不喝，仆人们也不知道它哪里不舒服。后来它们发现，唯一可以治疗它的办法是让它去干重活儿，重活儿一干，肯定恢复正常。我出于护短，没有吱声，但却因此发现了忧郁症的病因和疗法。

讽刺"野胡"的懒惰。

主人还说，一只母"野胡"常常会站在一个土堆或者一丛灌木的后面，两眼紧盯着过往的年轻公"野胡"，躲躲藏藏，做出种种丑态和鬼脸，据说这时候它的身上会散发出一种极其难闻的气味。要是有一只公"野胡"这时走上前来，它就会慢慢地往后退，一边却不住地回头看，装出一副很害怕的样子，接着就跑进一个可以方便行事的地方，它知道，那公"野胡"一定会尾随而至。

有时不知从哪来了一只陌生的母"野胡"，立刻就会有三四只母"野胡"前来团团围住它，又是打量又是议论，一会儿冷笑，一会儿将它浑身上下闻个遍，然后就会装腔作势地走开了，似乎表示它们非常瞧不起它。

讽刺"野胡"身上所具有的邪恶的本能。

▌情境赏析▐

这一章主要写格列佛的主人批评英国的宪法和行政，并对人性提出看法。讲述了"慧骃"主人对"野胡"本性的认识。

在这一章里，作者超越了社会制度范畴，进入了有关人性和人类生存状态的层次。"慧骃"是理性动物，仁慈、节制、有礼貌；"野胡"是非理性动物，自私、贪婪、野蛮。这里的"野胡"就是在暗指人类。文章描写精彩、生动，对关于闪光石头的描写，富于戏剧性，将"野胡"的贪婪本性揭示得淋漓尽致。

▌名家点评▐

斯威夫特的厌世观（如果有的话）不同于格列佛的厌世观——如他对亚历山大、蒲伯所说——是基于对具体的人"真心的爱"。

——（英）安德鲁·桑得斯

"慧骃"国的生活无处不显现出它们的伟大品德和高尚情操。这让我感到万分敬佩。

我对人性的了解我想应该比马主人要清楚得多，所以我觉得它所说的关于"野胡"的性格安到我同胞身上是非常不适合的，同时我还相信，根据我自己的观察，我还可以有进一步的发现。因此我就常常请求它准许我到附近的"野胡"群中去。主人答应了我的请求，还派一匹栗色的小马给我做警卫。

"野胡"自幼身手矫健。有一次，我竟被一只三岁的小"野胡"弄得狼狈不堪。幸亏栗色马站在一旁，它们才不敢靠近。这小崽子身上有一股恶臭，还排出某种东西弄脏了我的衣服。

我发现，"野胡"似乎是所有动物中最不可调教的。这一缺陷主要是因为它们性情乖张、倔强。它们狡猾、恶毒、奸诈、报复心强。它们身强体壮，可是性情懦弱，结果变得蛮横无礼、下贱卑鄙、残忍歹毒。据说红毛的"野胡"比别的"野胡"更要来得下贱而恶毒，

格列佛到"野胡"中去"体验生活"，以期有进一步的发现。

倔强(juéjiàng)：刚强不屈。

在体力和动作的灵活方面也远胜过它们的同类。

　　"慧骃"把随时要使唤的"野胡"养在离它们房子不远的茅屋里，其余的则全赶到外面的田里去。它们就在那里刨树根，吃野草，四处寻找动物的死尸，有时还去捉黄鼠狼和"鲁黑木斯"，一捉到就狼吞虎咽地吃个精光。造物主还教会了它们用爪子在土坡边挖一些深深的洞穴，它们就在这样的洞穴里睡觉。母"野胡"的窝要大一些，还可以容得下两三只小崽。

狼吞虎咽：形容吃东西又猛又急。

　　它们从小就会游泳，还能在水底待很长的时间，在那里它们常常会捉到鱼，母"野胡"捉到鱼之后就拿回家去喂小崽。

　　一天，我跟我的警卫栗色小马出游在外，天气很热，我请求它让我在附近的一条河里洗个澡。它同意后，我立刻脱得精光，然后慢慢地走进了河里。这时正巧有一只母"野胡"站在一个土堆的后面，它看到这整个过程后，就全速跑过来，在离我洗澡处不到 5 码的地方跳进了水里。它以一种令人作呕的动作将我搂进怀里，我就拼着命大声叫喊，小马闻声奔来，它才松手，可还是恋恋不舍。它跳到了对面的岸上，我穿衣服的时候，它还一直站在那里死盯着我直叫。

批评、讽刺母"野胡"。

　　这使我成了主人家的笑料。既然母"野胡"把我当成自己的同类，自然就对我产生了爱慕之情，我可再也不能否认我浑身上下无处不像一只真正的"野胡"了。

那畜生的毛发也不是红的，<u>而是像黑刺李一般黑</u>，面貌也并不仅仅像其他"野胡"那样叫人厌恶，我想它的年龄不会超过 11 岁。

我在这个国家已经生活了三年，因为这些高贵的"慧骃"生来就具有种种美德，根本不知道理性动物身上的罪恶是怎么一回事，所以它们的伟大准则就是培养理性，一切都受理性支配。它们的理性因为不受感情和利益的歪曲和蒙蔽，让你信服。所以争议、吵闹、争执、肯定虚假、无把握的命题等都是"慧骃"闻所未闻的罪恶。

友谊和仁慈是"慧骃"的两种主要美德，这两种美德并不限于个别的"慧骃"而是遍及全"慧骃"类。从最遥远的地方来的陌生客人和最亲近的邻居受到的款待是一样的。它们非常讲礼貌，但完全不拘小节。它们遵循大自然的教导，热爱自己所有的同类，有些人德行更高一点儿，但只有理性才能把人分为不同的等级。

母"慧骃"生下一对子女后，就不再跟自己的丈夫同居了，除非是偶然出事故，比如其中的一个孩子夭折，否则它们不会再次结合。

这是该国防止人口过剩的必要措施。但是培养做仆人的下等"慧骃"可不受这种严格的限制，它们每对夫妇可以生三对子女，这些子女日后也到贵族人家充当

比喻句。形容这个母"野胡"在格列佛看来还算稍微正常。

在这里，作者描绘了一个受"理性"支配的理想世界。

在这样的社会中，实现了"人人平等"。

仆人。

生活中处处充
满了理性。

在婚姻这件事上，它们非常注意对毛色的选择，这样做是为了避免造成血统混乱。男方主要是看重它的强壮，女方则看它是不是美丽，这倒并不是为了爱情，而是为了防止种族退化。它们对求婚、谈情说爱、送礼、寡妇得丈夫遗产、财产赠送等一无所知，它们的语言中也没有可用来表达这些概念的专门术语。年轻夫妇的结识和结合全由它们的父母和朋友来定夺。它们当中很少有破坏婚姻的不正当行为，夫妻之间永远没有嫉妒、争吵或不满等问题。

它们教育男女青年的方法令人敬佩，很值得我们效仿。孩子们在 18 岁以前，除了某几天之外，一粒燕麦也不给吃，连牛奶也难得喝那么几次。夏天，它们早晚各在户外吃两个钟头的青草，父母同样在一旁监督。不过仆人吃草的时间比它们的一半还少。仆人们将大部分青草带回家去，不干活儿的时候可以拿出来吃。

抨击人类社会
中的男女不平
等现象。

节制、勤劳、运动和清洁是青年男女都必须攻读的课程。"慧骃"还训练它们的孩子在陡峭的山坡上来回奔跑，或者在坚硬的石子地上奔来奔去，以此来锻炼孩子们的体力、速度和毅力；跑得浑身出汗时，就命令它们一头扎进池塘或者河中。一个地区的青年每年有四次机会聚到一起，表演它们在跑、跳以及其他体力和技巧方面的本领，大家用赞美的歌曲来歌颂男

写出人们对美
好生活的热爱。

女优胜者。在这样的节日里，仆人们就会赶着一群"野胡"驮着干草、燕麦和牛奶到表演场地去给"慧骃"享用。

每隔四年，在春分时节，要举行全国代表大会，开会地点在离我的住所大约 20 英里的一片平原上，会议要连续开上五六天。会上它们要了解各地区的情况，各地的干草、燕麦、母牛、"野胡"是富足有余还是短缺不足，无论哪里缺少什么，大家全部同意集体捐助，马上就供应那个地方所缺少的物资。会上孩子们的调整问题也可以得到解决。例如，一个"慧骃"有两个男孩子，就可以同有两个女孩子的"慧骃"交换一个；如果有孩子出事故死亡了，而母亲又已过了生育的年龄，大家就来决定哪家再生一个来补偿这一缺损。

在我离开前约三个月的时候，这里召开了一次全国代表大会，马主人作为我们这个地区的代表参加了大会。在这次会议上，它们针对一个自从有了这个国家就有了的话题辩论。

辩论的问题是：要不要把"野胡"从地面上消灭干净。主张消灭的代表认为"野胡"是世上最肮脏、最有害、最丑陋的动物，它们倔强、不可驯，如果不时时加以看管，它们就会偷吃"慧骃"母牛的奶，把它们的猫弄死吞吃掉，踏坏它们的燕麦和青草，还会干出许许多多别的放肆无礼的事来。而且据说该国并非一直就有

"野胡"，所以对于如此野蛮的动物，就只能将其捕杀或驯化。此外，"野胡"的驯用，也使大家忽视了对驴子的驯养，而驴子是一种比"野胡"更文雅的家畜。

权宜：暂时适宜；变通的。

这种观点不乏支持者。后来，马主人提出一个权宜之计。它首先肯定前面几位发言者的观点，并说它之所以提出这样的看法，是它现在就有那么一只神奇的"野胡"。它接着向大家讲述了发现我的经过、我身上的覆盖物、我自己的语言，以及我学习语言的能力等。主人还讲述了我与一般"野胡"的区别：我虽然具有"野胡"的全部特点，却又有些理性，只不过文明程度远低于"慧骃"族而已。主人建议学习遥远的"野胡"国的做法，将这里的"野胡"在年轻时就进行阉割，这样，不但可以使"野胡"们变得更加驯良，而且还可以在不杀生的情况下消灭整个"野胡"族。

这就是马主人告诉我的关于全国代表大会的所有情况。可是它却隐瞒了关于我个人的一件事，这事的不幸后果我后来感受到了，我生命中的所有不幸由此而始。

表明它们的文化十分简单，仅局限于口头上的东西。

"慧骃"没有自己的文字，所以它们的知识全部是口耳相传的。因为这个民族十分团结，拥有各种美德，完全受理性支配，跟别的国家又毫无往来，所以几乎没有什么重大事件发生，关于历史的部分，不用费脑子去苦记就可以很容易地保存下来。它们不会生病，所以也用不着大夫。可它们倒是有用药草配制的良药，用来治疗蹄骹或蹄楔上偶尔因尖利的石头而造成的伤害，也可以用来治疗身体其他各处的损伤。

它们根据日月的周转运行来计算一年的时间，但不再细分到星期。它们对这两个发光体的运行情况十分了解，也明白日食和月食的道理。这些就是它们在天文学方面的最高发展。

在诗歌方面，必须承认它们超过了其他全部有生命的动物。它们的诗歌比喻贴切，描写细致而恰到好处，实在不是我们所能学得来的。它们的韵文则运用了比喻和描写，内容一般不是写友谊和仁慈的崇高观念，就是歌颂赛跑和其他体力运动中的优胜者。

表明它们在诗歌方面的成就巨大。

它们的建筑虽然十分简陋，却还是很便利，设计巧妙，可以抵御寒暑的侵袭。

它们有一种树，长到 40 岁树根就松动了，风暴一刮就倒。这种树长得很直，"慧骃" 就用尖利的石头把它们削成木桩，每隔 10 英寸左右就栽一根到地上，然后在木桩与木桩之间编上燕麦秸，当然，有时也用枝条。屋顶和门也是用同样的方法做成的。

"慧骃" 利用前足的蹄骹和蹄子中间那一部分凹的地方拿东西，就像我们用手拿东西一样，起初我真是想不到它们的蹄子会这样灵巧。我曾经看到过家里的一匹白色母马用那个关节穿针。它们挤牛奶，收割燕麦，所从事的一切需要用手的劳动，都是用这种方法进行的。

具体交代了它们劳动以及生活的过程。

它们有一种坚硬的燧石，把它跟别的燧石摩擦，就能磨成可以代替楔子、斧子、锤子等的工具。它们同样也用这种燧石制成的工具切割干草，收燕麦。燕麦是天然从地里长出来的，"野胡"把燕麦一捆捆运到家里，接着由仆人们在茅屋里把它们踩碎，踩出的麦粒收进粮仓里。它们也制造粗糙的陶器和木器，陶器是放在阳光下烘晒而成的。

如非遇到意外伤亡，它们就只会终老而死，死后的安葬地比较偏僻，亲友对它们的死不喜不悲，而临死前它们也没有丝毫遗憾。有一次，我主人的一个朋友没有如约前来，它妻子来做了解释，原来它在那天早上就"舍奴恩赫"了。"舍奴恩赫"的意思就是"回到它的第一个母亲那儿去了"。我发现，那女"慧骃"说到丈夫的死时跟平时一样愉快。约三个月后，它也死了。

它们一般都活到 70 岁或者 75 岁，很少有活到 80 岁的。死前几个星期它们会感到身体渐衰，但并没有痛苦。<u>这时候朋友们会来看望它们，因为它们不能像往常那样安闲舒适地外出了。</u>不过在它们死前 10 天左右，它们会坐在方便舒适的橇里由"野胡"拉着去回拜那些住在附近的最亲近的朋友。临死的"慧骃"回拜它的朋友的时候，都要向它们郑重告别，好像它要去这个国家某个遥远的地方，并打算在那儿度过自己的余年。

另外，它们的语言里几乎没有可以表示邪恶的单

交代朋友看望它们的原因。

词。因此，当它们要数落仆役的荒唐、孩子的懈怠、划破脚的石头和持续的坏天气时，通常只能在"野胡"这个词根上加些修饰词，例如，"赫恩姆·野胡"等。

　　我非常喜欢继续叙述这个优秀民族的种种习俗和美德，但是我打算不久以后就出版一本书专门来谈这个问题，我请读者到时去参考那一本书。这里我要继续往下说我自己的悲惨遭遇。

懈怠（xièdài）：
松懈懒惰。

第三十一章

我在"慧骃"主人的身边生活得很愉快，可有一天我忽然接到主人的通知说我必须离开这个国家。

我把日常生活安排得称心如意。主人为我盖的房子离家只有 6 码远，我在四壁和地面都糊了泥，地上铺的是自己做的灯芯草席。我用野生大麻的麻线做被套，里面塞上鸟的羽毛。这些鸟是我用"野胡"毛编的网套来的。我自己用刀做成两把椅子，用兔皮或类似的动物皮制作了新衣服，还用这些动物毛皮制成几双长袜。我用木头做鞋底，用晒干的"野胡"皮做鞋帮。我常能从树穴中找到蜂蜜，然后用来冲水喝或者抹面包吃。我身体非常健康，心态平和。没有朋友会来算计我、背叛我，也没有公开或者暗藏的敌人来伤害我。我不必采用贿赂、谄媚、诲淫等手段来讨好任何大人物。我不用提防会受骗受害。这儿没有医生来残害我的身体，没有律师来毁我的财产，没有告密者在旁监视我的一言一行，没有人会受人雇佣捏造罪名对我妄加控告。这儿没有人冷嘲热讽、批驳非难，也没有扒手、盗匪、小丑、政客、才子、性情暴戾的人，更没有辩驳家、强奸犯、杀人犯、强盗、古董收藏家；没有政党和小集团的头头脑脑以及他们的党从；没有人用坏榜样来引诱、唆使人犯罪；没有地牢、斧钺、绞架、笞刑柱或颈手枷；没有骗人的店家和工匠；没有骄傲、虚荣、装腔作势；没有花花公子、恶霸、醉汉；没有好吹牛而又奢侈的阔太太；没有愚蠢却又自傲的学究；没有啰啰唆唆、盛气凌人、爱吵好闹、吵吵嚷嚷、大喊大叫、脑袋空空、自以为是、赌咒发誓的伙伴；没有为非作歹却平步青云的流氓，也没有因为其德行而被贬为庶民的贵族；没有大人老爷、琴师、法官和舞蹈教师。

我非常有幸能和一些"慧骃"见面，并一起进餐，这种时候它总是十分仁慈地准我在房里侍候，听它们谈话。我非常喜欢做这么一个谦卑的听众，听它们在那儿交谈。交谈没有一句多余的话，言简意赅；最讲礼貌，却丝毫不拘于形式；没有人说话不是自己说得高兴，同时又使听的人听着开心；没有人会打断别人的话头，它们不会冗长乏味地说个不停，不会争得面红耳赤，不会话不投机。它们有一个共同看法：大家碰在一起的时候，短暂地沉默一会儿确实对谈话有很大好处。它们谈论的题目通常是友谊和仁慈、秩序和经济；有时也谈到自然界的各种可见的活动，或者谈古代的传统；它们谈道德的范围、界限；谈理性的正确规律，或者下届全国代表大会要做出的一些决定；还常常谈论诗歌的各种妙处。我在场还往往给它们提供了很多谈话资料，因为马主人可以借此机会向它的朋友介绍我和我祖国的历史。它们都非常喜欢谈这个话题，因为对于人类不是很有利，我因此也就不想在此把它们的话复述了。令我钦佩的是，主人似乎比我更了解"野胡"的天性。它认为，拥有些理性的"野胡"是更加卑鄙而可怜的动物。

我承认，我所有的那一点点有价值的知识，全都是我受马主人的教诲以及我听它跟朋友们的谈话中得来的。我钦佩这个国家的居民体力充沛、体态俊美、行动迅捷。这么可爱的马儿，有着灿若群星的种种美德，使我对它们产生了最崇高的敬意。的确，起初我也不明白为什么"野胡"和所有别的动物会天生就对它们那么崇敬，可是我后来也一点点对它们产生敬畏了，而且比我想象的还要快得多。除了敬畏，我还对它们充满了敬爱和感激，因为它们对我另眼相看，认为我不同于我的同类。

当我想到我的家人、朋友、同胞或者全人类的时候，我认为不论从形体上还是从性情上看，他们还确实是"野胡"，只是略微开化，具有说话的能力罢了。可是他们只利用理性来增长罪恶。有时我在湖中或者喷泉旁看到自己的影子，我会恐惧、讨厌得赶快把脸别过去，觉得自己的样子，还不如一只普通的"野胡"来得好看。因为我时常跟"慧骃"交谈，望着它们我觉得高兴，渐渐地就开始模仿它们的步法和姿势，现在都已经成了习惯了。后来，朋友们常常毫不客气地对我说，我走起路来像一匹马，我倒认为这是对我的极大的恭维。而且，我也逐渐有了"慧骃"的声音和腔调。

我着快乐的生活，想就此安居度日。可是一天早晨，马主人把我叫了过去。它看起来心事重重。短短的一阵沉默过后，它说上次全国代表大会上谈起"野胡"问题时，代表们都对它家里养着一只"野胡"并以"慧骃"之礼相待进行了攻击。这样的做法是违反理性和自然的。因此大会郑重劝告它，要么像对我的同类一样使用我，要么命令我还是游回我原来的那个地方去。

马主人又对我说，附近的"慧骃"天天都来催促它遵照代表大会的劝告，它也不能再耽搁下去了。它猜想我要游到另一个国家去是不可能的，所以希望我能想办法做一种像我曾经向它描述过的、可以载着我在海上走的车子，制造的过程中，它自己的仆人和邻居家的仆人都可以帮我的忙。最后它说，它自己是很愿意留下我一辈子给它做事的，因为虽然我天性卑劣，却也在尽自己最大的努力效仿"慧骃"，并因此改掉了自己身上的一些坏习惯和坏脾气。

听了马主人的话后，我非常悲伤，就昏倒在了它的脚下。我苏醒后它才告诉我，它刚才都断定我已经死了。我用微弱的声音回答说："真要是死了倒是莫大的幸福。"我依照自己微弱的判断力，猜测它们如果对我稍示宽容也许不至于是违反理性。不过我也非常清楚，英明的"慧骃"做出的一切决定都是有实实在在的理由的，不会被我这么一只可怜的"野胡"提出的什么论据动摇。于是，我先是向它表示感谢，感谢它主动提出让它的仆人来帮忙造船，同时也请求它给我充分的时间来做这项艰巨的工作。然后我就对它说，我一定尽力保护自己这一条贱命，万一还能回到英国去，或者还有希望对自己的同类有所用处，我可以歌颂赞美著名的"慧骃"，建议全人类都学习它们的美德。

马主人答应给我两个月的时间让我把船造好，同时命令那匹栗色小马听我的指挥，因为我对主人说过，有它帮忙也就够了，我知道它对我是很亲切的。

我要做的第一件事就是让它陪着我到我上岸的那一带海岸去。我爬上一座高地，向四面的海上远眺。我好像看到东北方向有一座小岛，于是我拿出袖珍望远镜，结果清清楚楚看出大约五里格以外还真是一座小岛。但是在栗色小马看来那只是一片蓝色的云，因为它不知道除了它自己的国家外还存在别的国家，所以也就不能像我们这些人一样可以熟练地辨认出大海远处的东西，我们却是熟谙此道的。我不再多想，决定把那小岛当我的头一个流放地，至于结果如何只好听天由命了。

回到家里，我和栗色小马商量了一番之后，决定去附近的树林砍伐一些橡树枝条等木料。6周之后，在栗色马的帮助下，我做了一只类似于印第安人用的独木舟，上面覆盖着一张"野胡"缝制的苦布。我还用同样的料子制造了船帆。我的船上共有四只桨。我还在船上存放了一批熟兔肉和禽肉、一桶牛奶和一桶水。

我在主人家旁边的一个大池塘里试航了我的小船，把不好的地方改造了一番，再用"野胡"的油脂把裂缝堵好。最后，我的小船已经结结实实，可以装载我和我的货物了。当我尽力将一切都准备完毕之后，我就让"野胡"把小船放到一辆车上，在栗色小马和另一名仆人的引导下，由"野胡"慢慢地拖到了海边。

出发的日子到了，我向主人及其全家告别，我的心情痛苦而沉重。马主人半是好奇半是仁慈，跟几位邻居一起将我送到船上。等了一个多小时，终于刮起了吹向那座小岛的风，于是我再次与马主人告别。正当我要伏下身去吻它的蹄子的时候，它格外赏脸地将蹄子轻轻地举到了我的嘴边。我又向陪同马主人前来的其他"慧骃"致敬，然后上船，船离开了岸边。

> 我离开"慧骃"国之后来到新荷兰，却被土人用箭射伤。后来又被葡萄牙人捉住并因此回到了英国。

1714（也许是 1715）年 2 月 15 日上午 9 点，我开始了这一次险恶的航行。风很顺，开始我只是用桨在那里划，但考虑到这样划下去人很快会疲劳，而风向也可能会改变，我就大胆地扯起了小帆。就这样，在海潮的帮助下，我以每小时一里格半的速度前进着。马主人和它的朋友一直站在岸上，直到无法看到我时才离开。我还听到那匹栗色小马在喊："多保重，温顺的'野胡'！"

我本来打算，只要有可能，就找那么一座无人居住的小岛，依靠自己的劳动，也足可以为自己提供一切生活的必需品。我一想到要回到那个社会中去受"野胡"们的统治，就万分害怕。因为如果能像我希望的那样过上隐居的生活，我至少可以自由自在地思想，可以愉快地思考那些无与伦比的"慧骃"的各种美德，不可能再堕入我同类的罪恶和腐化中去。

我决定把自己的航向定为东方，因为根据我对当初航行路线的记忆与猜测，向东走或许可以抵达新荷兰附近的海岸或海岛。此时风向是正西，到晚上 6 点时，我估计自己东行了 18 里格左右。一会儿工夫，我抵达了一座极小的岛，岛上仅有一条被暴风雨冲刷而成的小港湾。我泊船上岸，在东面发现了从南向北延伸的陆地。次日，我便继续航行，7 小时后抵达新荷兰东南角。

在我登陆的那个地方没有发现什么居民，可是由于没有武器，我不敢深入内陆。我在海滩上找到了一些蚌蛤，因为怕被当地人发现，不敢生火，只好生吃了下去。我一连三天都吃些牡蛎和蚌蛤。非常幸运，我还找到了一处极好的淡水，使我大为宽慰。

到了第四天，我往境内走远了一点儿，就发现在离我不到 500 码的一个高地上有二三十个土人。他们一丝不挂地围着一堆火正在取暖，忽然有一个人发现了我，他马上通知了其余的人。不一会儿，就有五个人向我走了过来，我害怕极了，拼命向海边跑去，跳上船，划开了。这些野人看追不上我，就放了一支箭，那支箭深深地射中了我的左膝盖。我怕那是一支毒箭，把船划出他们射程以外后，就赶紧设法用嘴吮吸伤口，并尽量把它包扎好。

这时我不知所措，只好划桨向北驶去。正在我四下寻找登陆点时，发现东北方向有一艘帆船正在行驶。那船驶到离小溪已不到半里格了，它放下一条长舢板带着容器前来取淡水。不过我是到这长舢板快近海滩的时候才发现它的，已经来不及躲避了。

水手们一上岸就看到了我的小船，他们仔仔细细检查过后，很容易就猜想到船主人就在附近。四个全副武装的水手将每一处岩缝和可以藏身的洞穴都搜遍，终于在那块石头后面发现我脸朝下在那儿趴着。他们盯着我那怪异而粗乱的衣服出奇地看了一会儿，断定我不是当地土人。其中的一个水手说着葡萄牙语叫我起来，并问我是什么人。葡萄牙语我是很了解的，所以我就站起来，说我是一只可怜的"野胡"，被"慧骃"放逐了，希望他们能放过我。他们听到我用他们的母语回话感到非常惊奇，从我的面貌看，肯定是个欧洲人，可他们不明白我说的"野胡"和"慧骃"究竟是什么意思。同时，我说起话来怪腔怪调，就像马嘶一样，他们听了不禁大笑起来。我又害怕又厌恶，一直在那儿发抖。我再次请他们放我走，并慢慢地向我的小船走去。但他们把我抓住了，纠缠不休。我只好讲述了自己的来历，并希望他们不要把我当敌人，因为我不过是一只想要隐居的"野胡"。

听他们说话，我就感觉像英国的一条狗、一头母牛或者"慧骃"国的"野胡"会说话那样令人奇怪。那些诚实的葡萄牙人对我的奇异装束和说话时的怪腔怪调也感到很吃惊，不过腔调虽怪，但他们还是能听懂的。他们十分仁慈友好地同我说话，说他们船长会愿意把我免费带到里斯本，从那儿我就可以回自己的祖国去了。他们先派两名水手回大船去，把他们发现的情况报告船长，再请他下命令，同时他们还要用暴力把我绑起来，除非我发誓决不逃跑。我答应了他们的要求。两小时之后，装载淡水回去的小船带着船长的命令又回来了，命令说要把我带到大船上去。我请求他们让我自由行动，但他们还是将我捆住，丢到大船上。

船长的名字叫彼得罗·德·孟德斯，为人豪爽，很有礼貌。他请我介绍一下自己的情况，又问我想吃点儿什么、喝点儿什么。见一只"野胡"能这样懂礼貌，我感到很奇怪。闻到他和他的水手身上的那股气味，我都快要昏过去了。最后我要求从我自己的小船上拿些东西来吃，可他却吩咐人给我弄来了一只鸡和一些好酒，接着又下令把我带到一间十分干净的船舱去睡觉。我不肯脱衣服，就和衣躺在被褥上。过了半个钟头，我趁水手们正在吃晚饭时，偷偷地溜了出来，跑到船边准备跳进海里泅水逃生。我是再不能和"野胡"在一起了。可是，我被一名水手挡住了，他报告了船长，我就被他们用链子锁进了舱里。

晚饭后，彼得罗先生来到我跟前，问我为什么要舍命逃走。他向我保证，他无非想尽力帮我的忙。他说得非常感人，所以我最终还是把他当成一个稍有几分理性的动物看待了。我就把我近年来的遭遇做了简单介绍。他竟然怀疑我所说的是莫须有之事，这让我非常气愤。因为在尽善尽美的"慧骃"国，我已基本丧失了"说谎"的本领。我完全不在乎他是否相信我，只是为报答他的好意，我才决定允许他随时提出异议。

船长是位聪明人，他对我的诚实逐渐有所了解，并想起曾有人跟他讲述过类似的见闻。不过他又说，既然我宣称自己那样绝对地忠于真理，我必须说话算话，答应他绝不再起舍命逃跑的念头，跟他一起完成这次航行，否则在到里斯本以前，他将一直把我禁闭起来。

我答应了他的要求，但同时还是向他申明，我宁愿受最大的苦，也不愿意回去同"野胡"们一起生活。

我们一路上没有遇到什么重大事件。有时为了报答船长的恩情，我也接受他的恳求陪他一起坐坐，尽力掩饰自己对人类的憎恶。白天我把自己关在船舱里，避免遇到某个水手。至于途中换洗的衣服，我只接受了船长的两件干净衬衫，因为我相信它们不会过于玷污我的身体。

1715 年 11 月 5 日我们到了里斯本。上岸时，船长硬要我把他的外套穿上，免得一帮乌合之众上来围观我。他把我领到他自己家里，在我的恳切要求下，他带我来到房子后部最高的一个房间。我求他不要对任何人透露我对他谈过的关于"慧骃"的事，因为只要走漏一点儿风声，不但会引来许多人看我，说不定我还会有被异教徒审判所监禁或者烧死的危险。船长为我定做了一套新衣服，并为我准备了一套全新的生活必需品。由于船长一人独居，而且举止有礼，理解力也不错，所以我也就逐渐接纳了他。他试图劝说、诱惑我接触人类社会，但我发现自己对人的恐惧虽已减弱，但对人类的憎恶和鄙视却与日俱增。

我已经跟彼得罗先生说起过我的家事，所以 10 天以后他就哄劝我说，为了名誉和面子，我应该回到祖国去跟老婆孩子一起生活。他对我讲，港里有艘英国船就要起航了，我所需要的一切他都会提供给我。他说，与其找那么一座我理想中的孤岛定居下来，还不如在自己家里"隐居"。我发现也没有什么其他更好的办法，最后还是顺从了他。

11 月 24 日，我乘一艘英国商船离开了里斯本。途中，我推说自己身体有病，寸步不离自己的船舱。

1715 年 12 月 5 日上午 9 点钟左右，我们在唐兹抛锚。下午 3 点，我平安回到瑞德里夫的家中。我的妻子和家人见到我是又惊又喜，因为他们都断定我早已死亡。但是我必须承认，见到他们我心中只充满了仇恨、厌恶和鄙视，而一想到我同他们的亲密关系，就更反感了。

我一走进家妻子就拥抱我、吻我，这么一来，我立即就昏了过去，差不多一个小时后才醒过来。现在写这部书的时候，我回到英国已经五年了。头一年，我都不准我妻子和孩子到我跟前来，他们身上的气味我受不了，更不要说让他们同我在一个房间里吃饭了。到今天为止，他们还是不敢碰我的面包，或者用我的杯子喝水，我也从来不让他们任何一个牵我的手。我花的第一笔钱是买两匹小马，我把它们养在一个很好的马厩里。

除小马之外，马夫就是我最宠爱的人了，他在马厩里沾染来的那种气味我闻到就来精神。我的马颇能理解我，我每天至少要同它们说上四个小时的话。它们从不戴辔头和马鞍。我同它们和睦相处，它俩之间也很友爱。

我终于结束了十六年零七个月的游历。

尊敬的读者，我已经把我十六年又七个多月来旅行的历史原原本本地讲给你们听了。我没有像别人一样说一些荒诞不经的故事来让你们大吃一惊，我只是用最纯朴的方式叙述事实。

英国人或者欧洲其他国家的人是很难到一些遥远的国家去旅行的，像我们这种去过那些地方的人，要来写点儿什么海上陆上的奇异动物是很容易的。但是，一个旅行家的主要目的应当是使人变得越聪明越好，应当用异国他乡的正反两方面的事例来改善人们的思想。

我衷心希望能制定一项法律，即：每一位旅行家必须向大法官宣誓，保证他想要发表的东西完全属实，然后才准许他出版自己的游记，这样世人就不会像平常那样受到欺骗了。有些作家为了使自己的作品博得大众的欢心，硬是撒一些弥天大谎来欺骗缺乏警惕性的读者。我年轻的时候也曾经以极大的兴趣仔细阅读过几本游记，但自从我走遍地球上的大部分地区，并且能够根据自己的观察发觉那些都是不符合事实的叙述以后，我对这一部分读物就非常厌恶了，同时对人们轻易地就相信这些东西而感到有些生气。所以，既然熟悉我的人都认为我辛辛苦苦努力写出来的这本书还可以为国人所接受，我就坚决要求自己永远遵守这样一条准则：实事求是。实际上我也永远不会受任何诱惑偏离事实，因为我心中一直牢记着我那高贵的马主人和其他优秀的"慧骃"的教诲和榜样。我曾经有幸在那么长的时间里聆听它们的教导。

"……虽然厄运使西农落难，却不能强使他诳语欺人。"

我非常清楚，写这类作品既不需要天赋也不需要学问，只要记忆力好、记录精确，用不着别的能力，写出来也出不了什么大名。我也知道，游记作家也同编字典的人一样，将来一定会湮没无闻，因为后来者居上，以后的人无论在分量还是篇幅上都会超过他们。那些读了我这部作品的旅行家如果日后去我描述过的那些国家旅游，就会发现我的文章的缺陷，还会添加不少他们自己的新发现，这样就会把我挤出流行作家的圈子，自己取而代之，使世人忘记我曾经也是个作家，这样的事是极有可能发生的。如果说我写作是为了求名，这确实是侮辱了我，我著书的唯一目的是为了大众的利益。因为既然自认为是统治本国的理性动物，谁读到我提到的那些光荣的"慧骃"的各种美德，不会为自己的罪恶感到羞耻呢？

我非常高兴我的这部作品不会受到什么责难。一个作家，他只叙述发生在那么遥远的国度里的一些平凡的事实，而这些国家又跟我们毫无贸易往来或外交关系，谁还能够反对这样一位作家呢？我曾十分谨慎地避免了一般游记作家所出现的毛病，他们因为这些毛病常常受到指责也是罪有应得，另外，我不插手干涉任何政党的事。我写作不动怒，不带偏见，对任何人或者任何团体的人都没有敌意。我写作的目的是最高尚的：只想给人类传递见闻，教育人类。我也不是谦虚，我认为自己的想法要高过一般人，因为我曾那么长时间同最有德行的"慧骃"在一起交谈，我自有优势。我写作既不为名也不图利。我从来都不肯用一个词让人感觉我像是在责难别人，即使对那些最爱认为自己是受了指责的人，我也尽可能不去得罪他们。因此，我希望我能够公正合理地表明自己是个绝对无可指责的作家，任何抗辩家、思想家、观察家、沉思家、挑毛病专家、评论家都不可能挑出我的毛病。

有人曾悄悄地对我说，作为一个英国的臣民，我有义务回来后就向国务大臣递交一份报告，因为一个英国臣民发现的任何土地都是属于国王的。但是，我怀疑如果我们要去征服我说到的那些国家，是不是会像弗迪南多·柯太兹征服赤身裸体的美洲人那么轻松。利立浦特人，我想征服他们所得的好处几乎都抵不上派遣一支海陆军队的消耗；对布罗卜丁奈格人有所企图我又怀疑是否慎重或安全；而英国军队的头顶上浮着那么一座飞岛他们会不会感到很逍遥；"慧骃"看来倒真的对战争没有什么准备，它们对战争这门科学尤其是对大规模的武器完全外行。假如我是国务大臣，是绝不会主张去侵犯它们的。它们审慎、团结、无畏、爱国，足可弥补它们在军事方面所有的缺陷。我不会建议去征服那样一个高尚的民族，我倒希望它们能够或者愿意派遣足够数量的"慧骃"居民来欧洲教化我们，教我们学习关于荣誉、正义、真理、节制、公德、刚毅、贞洁、友谊、仁慈和忠诚等基本原则。在我们的大部分语言中还保留着这全部美德的名词，在古今作家的作品中也经常见到这些名词。我自己虽然读书不多，这些名词倒还能说得出来。

　　还有一个理由让我不完全赞同国王陛下要用我发现的地方来扩张其领土。说老实话，对分派君主去那些地方统治的合法性我开始有些怀疑了。例如说吧，一群海盗被风暴刮到了一个不知名的地方，最后一名水手爬上主桅杆并发现了陆地，于是他们就登陆抢夺。他们看到的是一个不会对人造成危害的民族，还受到友好招待，可是他们却给这个国家起了一个新国名，把它正式侵略了下来，再竖上一块烂木板或者石头当纪念碑。他们杀害二三十个当地人，再掳走几个做样品。一片新的领土就这样开辟了，它的获得名义上还是神圣的。国王立刻派船前往那地方，把那里的人赶尽杀绝。为了搜刮当地人的黄金，使他们的君主受尽磨难。国王还对一切惨无人道、贪欲放荡的行为大开绿灯，整个大地于是洒遍当地居民的鲜血。这一帮如此效命国王冒险远征的该死的伪君子，也就是被派去改造开化那些盲目崇拜偶像的野蛮民族的现代侵略者。

　　当然，这一段描述跟英国毫无关系。英国人在开辟殖民地方面所表现出的智慧、关心和正义可以做全世界的楷模。他们在宗教和学术方面具有很大的促进作用；他们选派虔诚、能干的教士传播基督教义；他们谨慎小心地从本王国挑选出生活正派、谈吐不俗的人移居各地；他们派出最能干、最廉洁的官员到各殖民地管理行政，严守正义；更使人高兴的是，他们派出去的总督都是些最警醒、最有德行的人，全心全意只考虑到人民的幸福和他们国王主子的荣誉。

　　但是，我描述过的那几个国家一定都不愿意被殖民者征服、奴役或者赶尽杀绝，他们那里也不盛产黄金、白银、食糖和烟草，所以我以为，他们并不是我们表现热情、发挥勇武或者捞点儿实惠的合适的对象。然而，如果那些和这事更有利害关系的人觉得应该持与我相反的意见，那么我在依法被召见的时候就准备宣誓做证：在我之前还从未有任何一个欧洲人到过那几个国家。我的意思是，如果我们相信当地居民的话，事情是不会引起纷争的，只有那两只据说许多年前出现在"慧骃"国一座山上的"野胡"可能会引起争议。根据那种意见，"野胡"种就是它俩的后裔，而据我所了解，那两只"野胡"可能就是两个英国人。这一点，说实话，从它们后代的面容的每一项特征来看，我是有点儿怀疑的，但这是否就构成我们占据那地方的理由，我只有留给精通殖民法的人去考虑了。

　　但至于以国王陛下的名义正式占领那些地方，我却是从来都不曾想过，而即使有过那种想法，就我当时的情形来看，为了慎重和自我保护起见，我也许还是等有更好的机会再说。

　　作为一个旅行家，我可能受到的责难只有这一个了，而我现在已经做了答辩。接下来请允许我向尊敬的读者告别，然后回到家中的小花园去享受玄想的快乐，去实践我从"慧骃"国学到的道德课程，并教导、驯化自家的"野胡"。从上星期开始，我已经允许妻子跟我同桌进餐了。

　　如果一般的"野胡"仅仅有着生来就有的罪恶与愚蠢，我同它们和睦相处可能还不是很困难。但当我看到一个身体和思想均有毛病的丑东西居然还傲慢得不行时，我的忍耐力就会丧失。我无论如何也不能理解这样一种动物怎么会有这种恶习。聪明有德的"慧骃"觉察不到"野胡"身上存在着"骄傲"这种罪恶，因为它们缺乏对人性的透彻理解。

　　但是，在理性支配下的"慧骃"却不会因自己具有许多优点而感到骄傲，就像我并不会因为自己没有少一条腿或者一条胳膊而感到骄傲一样，尽管四肢不全的人肯定会痛苦，但头脑正常的人绝不会因为自己四肢健全就吹嘘起来。这个问题我谈得较多，为的是想尽一切办法使英国的"野胡"们不至于叫人不能忍受，所以我请求那些沾染上这种荒谬罪恶的人，不要随便走到我的面前来。